कलरव-वीथिका

(साझा काव्य संग्रह)

संपादक : मनोरमा जैन 'पाखी'

PUBLICATION

दिल्ली-110089, (भारत)

संस्करण : 2020
ISBN : 978-93-899841-3-2

प्रखर गूँज पब्लिकेशन
एच-3/2, सेक्टर-18, रोहिणी, दिल्ली-110089
दूरभाष : **7982710571, 7838505899**

प्रथम संस्करण : 2020

आवरण : दुर्गाप्रसाद

कलरव वीथिका (साझा काव्य संग्रह)
By Manorma Jain 'Pakhi'

Published by
PRAKHAR GOONJ PUBLICATION
Delhi-110089
E-mail : prakhargoonj@gmail.com
sinha.neelu123@gmail.com
011-27851059, 7982710571, 7838505899

संपादकीय

कभी सोचा भी न था कि मुखापोथी की दुनिया के मित्रों की रचनाओं को संपादित करने का सौभाग्य प्राप्त होगा।

'कलरव वीथिका' यही तो नाम दिया है इस साझा संकलन का मैंने। नामकरण करते वक्त जेहन में उस बगिया का प्रतिबिंब था, जहाँ अलग-अलग पक्षियों का कलरव गूँजता है। भाँति-भाँति के फूलों से उसकी सुंदरता बढ़ती है। इस संकलन में भी तो विभिन्न शहरों के मित्रों की विभिन्न भावों से गुँथी रचनायें वीथिका को सुवासित कर रही हैं। कहीं पहाड़ो की उतरती साँझ है, कहीं एकाकीपन, तन्हाइयों के साये में लिपटी यादें। कहीं कृषक की गर्वोक्ति है तो कहीं देश प्रेम भी हिलोरें ले रहा है। कहीं प्यार की गहराइयाँ हैं तो कहीं संकल्प की ऊँचाइयाँ। कहीं बढ़ती उम्र के अनुभव तो कहीं अल्हड़ उम्र की अंगड़ाइयाँ, मिट्टी का सोंधापन।

इस संकलन की विशेषता है कि अधिकांशतः अध्यापन से जुड़े शिक्षक मित्र हैं तो बारहवीं में पढ़ने वाली छात्रा भी, जिसने हिन्दी लेखन में विभिन्न पुरस्कार और सम्मान प्राप्त किये हैं।

देखते हैं एक नज़र में कि कहाँ सावन की फुहारें हैं, कहाँ पतझड़ आया। कहाँ शीत की ठिठुरन है कहाँ आम बौराया।

इस साझा संकलन में कलरव करने वाले पाखी हैं, -बाबू सैनी साँखला जी, सुधा श्रीवास्तव जी, अलका सोनी जी, हरीश चमोली जी, गोपाल श्रीवास्तव जी, मुकेश शर्मा जी,कपिल दुबे जी, नवनीत पांडे जी, आशा डागर जी, भगत सिंह राणा जी, ज्योति विष्ट जी,हरिबख्श यादव 'हर्ष' जी, देशपाल राघव जी, सावन कुमार सिटोके जी, प्रवीण अग्रवाल जी, नानक चंद 'चंदन' जी, दीपिका मावर जी, किरण पुरोहित जी, भावना मिलन जी, रानी कुमारी जी, रानी सोनी परी जी, अशोक वर्मा जी, शशिकांत श्रीवास्तव जी, राजमल मावर जी। सबसे बड़ी बात इस संकलन में कुछ लोगों को छोड़ दूँ तो सभी का प्रथम संकलन हैं। सभी कवि हृदय मित्रों के लेखन को नमन करते हुये इस क्षेत्र में इनके उज्जवल भविष्य की कामना करती हूँ ।

मेरा प्रथम प्रयास है। सम्भव है कुछ त्रुटियाँ रह गयीं हों। ये तो आप सब की टिप्पणी बताएगी। प्रतीक्षारत् ....

मनोरमा जैन 'पाखी'

क्रम तालिका

भगत सिंह राणा 'हिमाद'

पिता	:	स्व. श्री प्रताप सिंह राणा
ग्राम	:	भंग्यूल
पो. ओ.	:	तपोवन (जोशीमठ)
जनपद	:	चमोली
राज्य	:	उत्तराखंड
मोबाईल न०	:	9917053326
व्यवसाय	:	अध्यापन
वर्तमान में	:	राजकीय आदर्श इण्टर कॉलेज, तपोवन, जनपद-चमोली, उत्तराखंड

अनुभूति

एक मीठी सी अहसास जगाती,
कल - कल मधुर रागिनी गाती।
दूर पर्वतों के उस पार वह,
हिम धवल से इठलाती इतराती।
कौन चंचला यौवन का रूप लिए,
मन में मधुर अनुभूति जगाती।
उत्तुंग श्वेत शिखरों से निकल,
तरुणाई का अहसास दिलाती।
रस घोल कर्ण प्रिय सी वह,
सुर साज मय संगीत सुनाती।
खेलती अठखेलियां सी वह,
तन - मन में आस जगाती।
झंझावातों के अवरोधों में भी,
वह पग - पग नित बहती जाती।
तप्त ग्रीष्म के दग्ध हृदय को,
वह शीतल अनुभूति दिलाती।
कर शांत क्षुधा हर प्राणी का,
रत्नाकर की गोद में जा समाती।

पश्चाताप

दिवस का प्रथम पहर,
गुनगुनाती धूप थी।
था बैठा वह एक दिन,
चेहरा कुछ ग़मगीन था।

पास जा उसके देखा,
रुआंसा सा निस्तब्ध,
नजरें झुकी हुईं सी,
वह मौन सा था।

लजाता चेहरा और,
अपराध बोध मन में,
एक टीस सी उभर कर,
ये अहसास कराता था।

लिए आँसू पश्चाताप के,
मन में ही पछताता था।
खरी खोटी माँ को सुना,
दिल माँ का दुखाया था।

क्या होगा पछतावे से,
न खोता अपना संयम,
न माँ का दिल दुखता,
सोच यह दुःख पाता था।

सावन- (कजरी/कजली गीत)

बदरा गगन में अब छाई सखी,
सावन महिनवा अब आई सखी।
झूमि - झूमि नाचि मोर उपवन में,
दुन्दुभि घन की अब बाजि गगन में।
आई फेरि - फेरि पावस ऋतु अब,
झूमन लागे सब मिली आँगन में।
टिप-टिप बून्द बरसा की लाई सखी,
बदरा गगन में अब ....।
आओ सब मिल कर झूला डालें,
जाएँ अब अमवा के उपवन में।
झूला झूलें हम सब सखि मिलकर,
मन हरसाय कहीं दूर गगन में।
सावन गीत सब मिलि गाई सखी,
बदरा गगन में अब ....।
हम भी ऐसे खेलें हिंदोला,
राधिका कृष्ण जैसे मधुबन में।
झमा - झम धार जैसे बरखा की,
नाचि रे हिय तैसे ही अगन में।
गोपी गीत जैसे तब गाई सखी,
बदरा गगन में अब ....।

घर की याद

आज उसे घर की याद आयी होगी,
दूर परदेश में जब मधु ऋतु छायी होगी।

खेत खलिहान और पहाड़ी घाटियों में,
उड़ते बादल और गगन चूमते पर्वत,
लाइयाँ, सरसों, प्यूंली फूल रही होगी,
आज उसे घर की याद आयी होगी।

वन उपवन सब सतरंगी नव रूप धर,
बुरांस के फूलों से सज-धज कर,
और ग्वीरालों से धरती डोल रही होगी,
आज उसे घर की याद आयी होगी।

पीले-पीले फूलों पर भौंरों का गुंजार,
मंद-मंद बहती मधुमास की बयार,
मधुर सुखद अहसास घोल रही होगी,
आज उसे घर की याद आयी होगी।

कैसे कहूं मन की, बतियाते मेरे पहाड़,
सुन्दर झरनों के शोर नदी की बहार,

हिलांस, कफुवा, न्योली बोल रही होगी,
आज उसे घर की याद आयी होगी ।

सुबह सबेरे पक्षियों का कोलाहल,
बच्चों का शोर औ गदेरों का कल- कल,
घसेरियों के गीतों से घाटी गूँज रही होगी,
आज उसे घर की याद आयी होगी ।

प्रवीण अग्रवाल

नाम	:	प्रवीण अग्रवाल
कार्य	:	मशीन और पैक्ड जूस निर्माण इंजीनियर
रुचि	:	साहित्य एवं शायरी आदि में रुचि।
भूतपूर्व अध्यक्ष	:	रोटरी क्लब
संयुक्त सचिव	:	पीर पराई फाउंडेशन
		व कुछ अन्य एनजीओ से सम्बद्ध।

अकेलेपन से बाहर आने में

घुसता हूँ कभी किसी भीड़, किसी तमाशे में,
ठहाकों भरी महफ़िल, या कुदरत के नज़ारों में,
एक बार धंस तो जाता हूँ, पर जैसे अकेला था,
और भी अकेला हो जाता हूँ मैं।

उलझा रहता हूँ सारी दुनिया समझने में
बात खुद की हो तो, फंस के रह जाता हूँ मैं,
मैं देखता हूँ सबको, क्यूँ कोई मुझे देखता नहीं,
जैसे अकेला था, और भी अकेला हो जाता हूँ मैं।

समाचारों की दुनिया और जंगल की व्यवस्था में,
बड़ी निकटता, बड़ी समानता पाता हूँ मैं,
सुलझने के लिये और कहाँ कहाँ उलझूँ,
कहाँ कहाँ भटकूँ, बस जैसे अकेला था,
और भी अकेला हो जाता हूँ मैं।

गफ़लत-ए-जिंदगी!

उम्र की उड़ान अब कितनी होगी
और होंगी दुशवारियाँ कितनी
मैं वो नहीं जानता !
मंज़िल पर्वतों तक ही हासिल है,
या मेघों की परत अभी बाकी है
बता नहीं सकता !
सफर में असर कारवां का कितना रहा
और कितनी रही पंखो की आजमाइश
हिसाब हो नहीं सकता !
ख्वाहिशें भी तो जैसे अब चाँद हो गई हैं
पूनम तो कभी अमावस की रात हो रही है
भले तक़दीर को नहीं मानता !
गफलत में हूँ, ऐ मेरी खूबसूरत जिंदगी
ये तेरा मध्याह्न है, या ढलती हुई शाम है,
काश की कोई बता सकता !

दिन 'बस' कुछ यूँ होते थे, तुम्हारे होने से...

तब सुबह की दस्तक होती थी, चाय की एक मीठी 'गुहार' के साथ,
अब भी चाय तो पीता ही हूँ हर सुबह, बस कुछ बिस्कुटों के साथ,

'क्या बनाऊँ' की होती 'पुकार', पसंद नापसंद का लगता हिसाब,
अब भी नाश्ता करता हूँ पर बस, विविधता और पौष्टिकता के साथ,

दरवाजे से विदा करने को 'हिलता वो हाथ' 'चंद नसीहतों' के साथ,
अब भी ख़याल रखता हूँ, जब निकला करता हूँ, 'ड्राइवर' के साथ,

देर से आओ तो, 'कहाँ अटक जाते हो' उलाहना भरे सुर, चिंतित आवाज़,
अब भी देर से आता हूँ पर बस, अपनी 'मर्ज़ी' अपनी 'सुविधा' अनुसार,

'पत्नियों' पर चुटकुले सुनता, सुनाता, करता था अट्टहास, दोस्तों के साथ,
सुनता हूँ, अब भी ऐसे उपहास, बस ठिठक जाता हूँ, जब हो सुनाने की बात

अब जब नहीं हो तुम इस जहाँ में...

वाइज़ ने दिया इल्म, 'जिओ जिंदगी फ़क्त आज में'
मंज़र वो गुज़रे कल के, रहे थामें जो मेरी बाहें,
- तो फिर क्या करूँ मैं?
रहगुज़र की हिदायतें, 'चलो वक्त से कदम मिलाके'
गर फंसे हैं पाँव दलदल में, तस्सवुर-ए-हमसफ़र के,
- तो फिर क्या करूँ मैं?
मशवरा यार-ओ-आसना का, 'गुज़रे हुए को अब भूलें',
जो मुक्कमल हो डेरा दिल में, दिलनवाज़ दिलरुबा का,
- तो फिर क्या करूँ मैं?
करती है तकरीर अक्ल भी, 'बदलना है -दुनियादारी',
दिल हो गर लबालब, उसकी मुबारक, जमाल, परवर से,
- तो फिर क्या करूं मैं?

अलका 'सोनी'

निवास स्थान	:	देवघर (झारखंड)
स्नातक	:	हिंदी प्रतिष्ठा (प्रथम श्रेणी) विश्वविद्यालय (टॉपर)
परास्नातक	:	हिंदी (इग्नू)
पूर्व चयन	:	नवोदय विद्यालय (पटना)
		कम्प्यूटर प्रशिक्षित
व्यक्तिगत रुचियाँ	:	संगीत सुनना, लेखन कार्य, अध्ययन, बागवानी।
सम्पर्क नम्बर	:	07908469450
ई मेल	:	alka230414@gmail.com

एक है ईश

एक
ईश्वर है
इस जगत के
बाँटो ना
उनको

तुम
मजहबों में
बाँटकर टुकड़ों में
क्या मिलेगा
रहोगे

निरुत्तर
हमेशा तुम
बसे हैं जो
हृदय में
सबके

एक
है अंबर
एक ही धरा
ईश भी
एक।

आयी गर्मी

है
आयी
गर्मी
फिर
से

ये
लगे
जलती
हुई
सी

दे
हमें
झुलसा
और
ना

हो
अब
सहन
हमें
ये।

पिता

बड़े होते हैं
जिनकी शीतल सी
छांव में हम
वो छायादार वृक्ष
से होते हैं पिताजी।

पकड़ हम
झूलते खेलते हैं
बाहें जिनकी
अविचल से खड़े
आधार हैं पिताजी।

कभी रूठते
हम उनसे यूँ ही
कभी क्षण में
मान लाड़ लड़ाते
हमारी हर भूल

को प्रेम से तो
कभी डाँटकर भी

समझाते जो।
दिखाते हैं पथ वो
जीवन भर हमें।

देखा ना मैंने
उस भगवान को
जरूरत ही
नहीं उसे ढूंढने
की, वो तो हर पल

हमेशा खड़ा
पिता रूप में मेरे....

सावन कुमार सिटोके

माता का नाम	:	श्रीमती ऊषा सिटोके
पिता का नाम	:	श्री संतोष कुमार सिटोके
जन्मदिन	:	08/09/1978
जन्मस्थान	:	सीहोर
शिक्षा	:	स्नातकोत्तर (वाणिज्य संकाय)
व्यवसाय	:	निजी शिक्षक
विधा	:	गीत, कविता, व्यंग काव्य
प्रकाशित पुस्तक	:	साहित्य सुरभि (साझा काव्य संग्रह)
सम्मान	:	स्व. रामपूजन मलिक नवोदित गीतकार सम्मान 2018 (द्वारा म०प्र० लेखक संघ भोपाल)
पत्र व्यवहार	:	भारती बाबा मंदिर, छीपाबड़, त० खिरकिया, जिला हरदा (म० प्र०)
मोबाइल नंबर	:	8871932588, 9926354240

मैं किसान का बेटा

मैं किसान का बेटा, धरती माँ है मेरी।
बनकर खून, पसीना, मेहनत खेतों में दिखती है,
अन्न भरी बाली जब मुझको बन प्रसाद मिलती है
उजियारी हो जाती, जो थी अब तक रात घनेरी।
मैं किसान का बेटा, धरती माँ है मेरी।

सर्द रात, झंझावत हों या दिवस उष्ण का धावा,
रही एक ही दिशा चलन की, रहा एक पहनावा।
खिले फूल कीकर में, जब जब श्रम की बजती भेरी
मैं किसान का बेटा, धरती माँ है मेरी।

मैं हलधारा का वंशज, हर मुश्किल मुझसे हल है,
फिर क्यों मेरे हाथों बनता अमृत आज गरल है।
हम सूरज के सूत, मति पश्चिम ने ऐसी फेरी,
मैं किसान का बेटा, धरती माँ है मेरी।

सहम गई थी ठंड

सुबह-सुबह खिड़की से आकर, पूरे घर में घूम रही थी
नम हाथों से गले मिली और सबका माथा चूम रही थी
देख मुझे भी लगी लिपटने लेकर वेग प्रचंड,
ज्यों ही उसको डांटा मैंने सहम गई थी ठंड।

टपक रही बालों से शबनम, सारे घर को सींच रही थी।
हंसी-ठिठोली करती सी वो शाल-दुशाले खींच रही थी।
बुत बनकर चुपचाप हो गई, मानो मिला हो दंड।
ज्यों ही उसको डांटा मैंने सहम गई थी ठंड।

श्वेत मखमली चादर से वो, सारी धरती ढांप रही थी।
सर्द हवाएं जब भी चलती, खुद ही थर-थर कांप रही थी।
सूर्य रश्मियों के संग बैठी होती रही बिखंड,
ज्यों ही उसको डांटा मैंने सहम गई थी ठंड।

मेघों ने डाल दिया डेरा

आसमान में मेघों ने फिर डाल दिया है डेरा
बरस रही बूंदों ने मिलकर धरती को आ घेरा

हरियाली चूनर से वसुधा करती है श्रृंगार
गाते दादुर और पपीहा मानो मेघ मल्हार
नाच रहे हैं मोर, कर रहे जैसे जग का फेरा
आसमान में मेघों ने फिर डाल दिया है डेरा।

धीरे-धीरे वसुधा के रग-रग में घुलता जाता
वर्षा का जल तप्त धरा को नवजीवन दे जाता
भीगी-भीगी रात गुजरती, भीगा लगे सबेरा
आसमान मे मेघों ने फिर डाल दिया है डेरा।

सर्द हवाएं काट रही हैं सकल ऊष्ण के बंधन
जैसे सागर से करके आई हों कोई मंथन
निगल गया है आज चाँद को, भी घनघोर अंधेरा
आसमान में मेघों ने फिर डाल दिया है डेरा।

विश्व मच्छर दिवस

हे मच्छर जब भिन भिन कर
तुम मीठी तान सुनाते हो
रक्तसंचरण हाथों में हो
कान सुन्न कर जाते हो
असुरवंश के ध्वज वाहक
कुल मान तुम्हारे कारण है
पशु पक्षी मानव सारे सब
बने तुम्हारे चारण हैं
बिना कटारी भाल शूल के
रक्तपान कर जाते हो
इसीलिये इस धरती पर
असुरों का मान बढ़ाते हो
भरी नालियां भाती तुमको
कचरे में पल जाते हो
स्वच्छ मिले जल तुमको
तो भी न परहेज जताते हो
सब रोगों के वाहक हो
ये दुनिया ने भी माना है
तुम रोजगार के सर्जक हो
तो ये आभार जताना है
विश्व दिवस मच्छर का अब
भारत में हमें मनाना है।

सुधा श्रीवास्तव 'पीयूषी'

प्रयागराज

नाम	:	सुधा श्रीवास्तव
पति	:	श्री अखिलेश श्रीवास्तव
माता	:	स्व. श्यामप्यारी श्रीवास्तव
पिता	:	स्व.श्री जुगुल बिहारी श्रीवास्तव
जन्मतिथि	:	16 नवम्बर 1964
जन्म स्थान	:	उन्नाव (उत्तर प्रदेश)
ईमेल	:	sudhastewart@gmail.com

खुमारी का आलम छाने लगा है

खुमारी का आलम छाने लगा है,
मगर धीरे से होश आने लगा है।

चले झूम के ले फ़िज़ाओं में मस्ती,
हुआ क्या कदम डगमगाने लगा है।

यह जो लफ्ज़ है प्यार बेईमान है,
ज़हर जाम में यह पिलाने लगा है।

सितम पे सितम करके थकते नहीं हो,
मेरा दम मुझे आजमाने लगा है।

आखिर फलक से गिरे हैं ज़मीं पर,
गमें दिल यह गोते लगाने लगा है।

वह क्या करें जिसने की बेखुदी,
प्यार में अपना सब कुछ लुटाने लगा है।

प्यार ईमान है प्यार भगवान है,
कुछ कुछ समझ आज आने लगा है।

मुझे यारों ने प्यार इतना किया,
दर्द 'पीयूषी' को रास आने लगा है।

दिल में तुम्हारे

दिल में तुम्हारे मैं न रहूं यह ना खलता है मुझको,
मेरे घर से तुम ना जाओ यह डर लगता है मुझको।

दोस्त बताते हैं सब खुद को, दम भी भरते हैं सब खूब,
रिश्ते नहीं निभाने आते, यह दर्द सालता है मुझको।

जैसे हम हैं, जैसे तुम हो, सारी दुनिया वैसी हो,
सोच बना रखी क्यों ऐसी, सही न लगता है मुझको।

रो के दर्द किसी का सुनते पीते फिर खुशी के जाम,
दोरंगी दुनिया का यह रंग, रास ना आता है मुझको।

जाने कितने ग़म दुनिया में, किस दुख से दुखी है कौन,
या रब वह इबारत बक्शो, सच में हो न पता मुझको।

कहूँ क्या दास्तान-ए-इश्क, सभी किरदार अपने हैं
कोई कुछ तो कोई कुछ, समझ नहीं आता मुझको।

पीकर अमर हुई पीयूषी, मीठे बोल और कड़वे जाम
रग रगसे वाकिफ हूँ सबकी, कोई ना भाता है मुझको।

दुनिया ने वह हालत कर दी, लोग समझते पागल हैं

दुनिया ने वह हालत कर दी, लोग समझते पागल हैं,
जिस्म ज़िगर सब छलनी है बहुत बुरे हम घायल हैं।

सबके मुँह को देख देखकर, उम्मीदों में खूब जिए
कनकी से देखा था सबने बिन बजती हम पायल हैं।

शहर तुम्हारा हो या मेरा, लोग तो सारे एक से हैं
मुँह देखी करते हैं सारे, ना जिसके हम कायल हैं।

हद से ज्यादा कमर झुकाओ, तो वह टूट जाती है,
तैयार खड़े अब दुश्मन से, हम लड़ने को हर पल हैं।

किसी को हम नहीं भाते, कोई हमें नहीं भाता
शायद जरूरत से ज्यादा, हम भावुक और चंचल हैं।

शराफत है हमारी जो, हमें कमजोर समझा है,
तुम्हारी सोच बदलेगी यह शमशीरें मुकम्मल है

वतन की बात आई तो, 'पीयूषी' कर दिखाएगी
कहते कुछ नहीं मुँह से, बरसते हैं वह बादल हैं।

तुम्हारा राज है दिल में

तुम्हारा राज है दिल में जो तुमसे ही छुपाते हैं
मेरे हमराज़ खता करके ख़ता क्यों भूल जाते हैं।

न खता हमराही है अपनी कभी तुमने की कभी हमने की
करते क्यों तलब गारी सजा दूजे ही पाते हैं।

या रब यह तड़प कैसी जिगर दो टूक होता है
कि बनते वो सफ़ा जब हैं कैसे मुस्कुराते हैं।

रखो हाथ दिल पर तुम सुनो आवाज धड़कन की
यही वो आईने हैं जो सही सब कुछ दिखाते हैं।

पल दो पल था संग अपना, यह तुम सोचो कि क्या पाया
'पीयूषी' ने जो पाया है कलम से गुनगुनाते हैं।

कपिल कुमार दुबे

पिता	-	स्व. श्री गोविन्द प्रसाद दुबे
माता	-	श्रीमती ममता दुबे
जन्म	-	07/04/1983
शिक्षा	-	एम.कॉम, एम.एड.
कार्यरत	-	सहायक प्राध्यापक (कॉमर्स) हरदा डिग्री कॉलेज, हरदा (प्राइवेट कॉलेज)
विधा	-	गीत
मो.नं.	-	9926345363
ई-मेल	-	kpldubey0704@gmail.com
पता	-	वार्ड 16, सरकार कॉलोनी बाइपास रोड, जिला हरदा, (म.प्र.)

भारत देश हमारा

विश्व में फैलाए उजियारा
वो है भारत देश हमारा
है विशाल साहित्य यहाँ का,
अक्षर और आदित्य यहाँ का,
लोकतंत्र है जिसका नारा,
वो है भारत देश हमारा,
धरा पे हरियाली फैलाए,
आओ मिलके पेड़ लगाएं,
धरा की रक्षा ध्येय हमारा,
वो है भारत देश हमारा,
भिन्न-भिन्न जाति है यहाँ पर,
एक गीत गाती है यहाँ पर,
सबमे ही हो भाईचारा,
वो है भारत देश हमारा,

भारत की तस्वीर लिखूँ

समृद्ध राष्ट्र के लिए कलम से, भारत की तस्वीर लिखूँ,
संसद की तकदीर लिखूँ, या प्रजातंत्र की पीर लिखूँ,

है जन्मभूमि ये भारत माता,
इनका हम गुणगान करे,
राष्ट्रगान ओर राष्ट्र ध्वजा का,
मिलकर के सम्मान करे,
तीन रंग की ओढ़ चुनरिया,
माँ हमसे आह्वान करे,
राष्ट्र हित हो जीवन अपना,
सशक्त राष्ट्र निर्माण करे,
परतंत्रता की बंधी थी पग में,
टूटी ये जंजीर लिखूँ,
संसद की ....।

आपस के ही झगड़े हैं,
और आपस की ही उलझन है,
अपनों पर विश्वास रहे तो,
आपस में ही सुलझन है,
राष्ट्र हमारा मन्दिर है,
हम दर्शन के अभिलाषी हैं,
अपने अपने रिश्तें छोड़ो,
पहले भारत वासी हैं,
तन मन धन से रहें समर्पित,
कलम से ये जागीर लिखूँ,
संसद की.............।

मेरे पिता

कितनी ही विपदाएँ आई, कितने ज्वालामुखी फटे,
सत्य राह पर चले सदा, वे उस रस्ते पर रहे डटे,

बचपन से संघर्ष किया,
संघर्ष से गहरा नाता था,
हर पल केवल हँसते रहना,
मेरे पिता को आता था,
हमको खुशियां देने में वे,
कभी भी पीछे नहीं हटे,
सत्य राह पर चले ....।

मन कठोर करके वो हम पर,
थोड़ा गुस्सा होते थे,
बैठ अकेले बाद में पापा,
मन ही मन में रोते थे
हम सबको एक जैसा चाहा,
किसी एक में नहीं बंटे,
सत्य राह पर.........।

मुझे पैर पर खड़ा किया,
अब खुश होने की बारी थी,
उनको सुख देने की मेरी,
भी पूरी तैयारी थी,
नेह के बंधन तोड़ चले,
मुख पे बस राम का नाम रटे,
सत्य राह पर ....।
कितनी ही विपदाएँ आई,
कितने ज्वालामुखी फटे....।

ग़ज़ल

जख़्म गहरा रहे कितना भी वो भर जाता है,
आईना देख के कोई भी सँवर जाता है,
अब्र आफ़ात के कितने ही आज घिर आए,
कोई लड़ लेता है कोई तो बिखर जाता है,
आज तेरा है वक्त वक्त कल मेरा होगा,
वक्त आने पे क्यों हर शख्स मुकर जाता है?
जिस बगीचे को बागवां ने उम्र भर सींचा,
उसमें अब कोई नहीं शामों सहर जाता है,
दौर ए तरक्की में ईमान को कायम रक्खा,
ये कपिल दिल में यूँ ही सबके उतर जाता है,

बाबू सैनी (बाबूलाल सांखला)

नाम	:	बाबूलाल सांखला
उम्र	:	52
पिता का नाम	:	भंवरलाल सांखला
माँ का नाम	:	स्व० भंवरी देवी सांखला
शिक्षा	:	बीकॉम
स्थान	:	जोरहाट, असम
		पढ़ने लिखने का शौक

ग़ज़ल

आलम तेरी वफ़ा का, कितने सितम कर गया।
ये कैसा था शज़र इश्क का, देख ये मर गया।
ये कैसी थी खिजां, शाख का हर पत्ता टूटकर,
दामन में शाख के ज़ख्मों का असर कर गया।
ये जैसा भी असर जो हुआ इश्क का ऐ जिगर,
कर के यूँ दरबदर बेखबर बेकदर कर गया।
कटनी मुश्किल न थी जिंदगी तुम बिन सनम,
यूँ तेरी इल्तिजा देख मैं भी बसर कर गया।
रिसने ये घाव भी जब लगे याद कर के तुझे,
बाबू गम भूलकर हर दर्द बेअसर कर गया।

बेवफा

पहले लूट ली मेरी दौलत,
फिर लूट लिए अरमान मेरे।
अब दिन बहुत मुश्किल कर दिये,
जो कटते थे आसान मेरे।
तोड़ा भी इस कदर कि तुमने,
तेरे तोड़ का अब जोड़ नहीं।
तुमसे टूट कर मैंनें जाना,
इस तोड़ का कोई तोड़ नहीं।
देर से मैंनें जाना तुमको,
नये रूप में पहचाना तुमको।
तेरी अदाएं बन गयी सारी,
जब अभिनय का समान तेरे।
पहले लूट ली मेरी दौलत,
फिर लूट लिए अरमान मेरे।
वो हंसना मुस्कुराना तेरा,
बात बात पर आंसू बहाना।
जितने थे ये किरदार तेरे,
होते बड़े असरदार तेरे।
पत्थर दिल अब क्या बोलेगा?
मेरे प्यार को क्या तोलेगा?
लूटकर मेरे घर को चले,
तुम बनकर के मेहमान मेरे।
पहले लूट ली मेरी दौलत,
फिर लूट लिये अरमान मेरे।

अजनबी

ओ अजनबी मुझको अब ये क्या हो गया।
मेरा वजूद ही जाने कहाँ खो गया।
क्यों नींद मेरी आंखों से जाने लगी।
क्यों मैं भी तेरे सपने सजाने लगी।
अब तो अजनबी ये इंतहा, हो गई,
तेरे साथ जिन्दगी नजर आने लगी।
ओ अजनबी मुझको अब ये क्या हो गया।
मेरा वजूद ही जाने कहाँ खो गया।
जाने क्यूँ ये एक नया सा अहसास है।
बन्द पलको में तू जो मेरे पास है।
रख तेरे सीने पर सर लिपट जाऊँ मैं।
घुल रही जो सांसो में तेरी सांस है।
नींद उड़ाकर मेरी सनम तू सो गया।
मेरा वजूद ही जाने कहाँ खो गया।
बिस्तर की सलवटें भी मुझे चिढ़ा रहीं।
ये मध्यम बत्तियाँ भी रागिनी गा रहीं।
जालिम ये क्या कर गया मेरे साथ में,
मुझे इश्क़ हो गया, ये फिजां बता रही।
ये पेड़ कांटो का क्यों ईधर बो गया।
मेरा वजूद ही जाने कहाँ खो गया।

मेरे वजूद पर तो संकट ही छा गया।
मेरे वजूद में तो तू ही समा गया।
अजीब सी महक है ये तेरे प्यार की।
तेरे प्यार का अब खुमार सा आ गया।
बहकने दे अब कदम नशा जो हो गया।
मेरा वजूद ही जाने कहाँ खो गया।
ओ अजनबी मुझको अब ये क्या हो गया।
मेरा वजूद ही जाने कहाँ खो गया।

नवनीत पाण्डेय सेवटा (चंकी)

पिता	:	श्री रमेश पाण्डेय,
माता	:	श्रीमती हेमलता पाण्डेय
जन्म	:	04 नवम्बर 1995
शिक्षा	:	पॉलीटेक्निक (सिविल इंजीनियर) 10-2, स्नातक अध्ययन जारी
निवास	:	ग्राम + पोस्ट - सेवटा, जनपद आज़मगढ़, उत्तर प्रदेश पिन कोड-276128
ई-मेल	:	Navpandey95@gmail.com
मोबाईल	:	09408527228, 08545861799
अध्ययन	:	कविता, शायरी, भोजपुरी गीत

प्राण प्रिया प्यारी

वदनी के शब्दों से, करुणी कहानी
बाखर में तुलसी, माँ से कहती है रानी
नईखे सहा-तारे, वियोगवा के रोग हो
सावन के हरियर, सुखल कियारी
अशिया लगाए बैठी, प्राण प्रिया प्यारी

पता भी ना उसे चले, भीग जाए अचरा
नयना से मोती टपके, धुलता है कजरा
केस खुले उसके, सुना है गजरा
संध्या प्रहर को, हाट-बाट को निहारी
अशिया लगाए बैठी, प्राण प्रिया प्यारी

कहती है सुगना से, लेजा मेरी पाती
पिया से मिले खाति, छछने ला छाती
हिय के, मलाल रस से, भीगता तकिया
रजनी में जाग बीते, प्रहर तिहारी
अशिया लगाए बैठी, प्राण प्रिया प्यारी

झाड़ियों के काँटो बीच, कोमल कुसुम की कलिया
सिहरन हवा से कहती, ठहर कुछ पहरिया
कुम्हला के गिर जायेगी, पिया की गुजरिया
पल-पल बीतत समय, मनवा पे भारी
अशिया लगाए बैठी, प्राण प्रिया प्यारी

कहीं धूप कहीं छाँव है

मायापति के खेल में, बहती नदी में नाव है,
काँटो से घिरे फूल में, संचरित खुशबू का भाव है,
मानवीय हथियार से, हृदय पे लगे घाव है,
वक्त के आँचल में, कहीं धूप कहीं छाँव है,

आदर्श की लाठी तो, कहीं भेड़िये की चाल है,
बात बोले मीठी तो, बकरा हलाल है,
राह में है मंजिल तो, फ़िसल रहे पाँव है,
वक्त के आँचल में, कहीं धूप कहीं छाँव है,

दूसरों के बातों से, न जीना आधार है,
दरिंदों की हशरते तो, बिखेरना परिवार है,
अपनों के टकराव से तो, दूसरों के दाव है,
वक्त के आँचल में, कहीं धूप कहीं छाँव है

टूट जाए साहस तो, नायक बेकार है,
छोड़ मत आस तू, किससे लाचार है,
मेरे विचार से, संस्कृतियों से गाँव है,
वक्त के आँचल में, कहीं धूप कहीं छाँव है,

कृशानु में तपकर के, छवि हेम है पाई,
संघर्षों के आत्म कर्म से, मुकुट, ध्वजा लहराई,
कुनबे के इन स्नेह प्यार ने, सींचा मेरा घाव है,
वक्त के आँचल में, कहीं धूप कहीं छाँव है

मेरे खातिर ले-ले, फिर एक जन्म दोबारा

कुछ ही पल, कुछ दिन का, संग था तुम्हारा,
तुझपे निछावर कर दूँ, अपना जीवन सारा,
मेरे हर जीवन का, तू ही एक सहारा,
मेरे खातिर ले-ले, फिर एक जन्म दोबारा

कर्तव्य निभाने आना, छोड़ मुझे ना जाना,
तेरा वचन पुराना, अब ना कभी रुलाना,
सगा सहोदर तू है, तुमको सदा पुकारा,
मेरे खातिर ले-ले, फिर एक जन्म दोबारा
खोट हमारी क्या थी, जो मुझको ठुकराया,
मृदुल हिय में रखकर, फिर क्यों किया पराया,
पटल बिंदु के पथ पर, संघर्ष ने दिया किनारा,
मेरे खातिर ले-ले, फिर एक जन्म दोबारा

कागज़ पे कोरी कविता, तेरे शब्दों में लिखता,
भावों के कुछ, भाव बता दे, पथ मंजिल की राह बता दे,
तू मेरे बीजक की धारा, मेरे बचपन का तू यारा,
मेरे खातिर ले-ले, फिर एक जन्म दोबारा....!

भगवान प्रफुल्लित होते हैं

उपवन के बगियाँ में देखो, पुष्प सुगंधित होते हैं,
मंजिल की राहों में सदैव, संघर्ष उपस्थित होते हैं,
पारिवारिक एकता में व्यक्ति, प्रेम प्रसन्नचित्त होते हैं,
भक्त की भक्ति से, भगवान प्रफुल्लित होते हैं!

घन की घनघोर घटाएं, संदेश वाहक ये पुरवा हवाएं
रोम रोम संग हृदय, संवेदित कर के जाते हैं,
प्रकृत के इन दृश्यों से, सब आशिक परिचित होते हैं,
भक्त की भक्ति से, भगवान प्रफुल्लित होते हैं!
सरिता में सितारे चमक रहे है, हृदय भाव भी बहक रहे हैं,
भानु की किरणों के जैसा, अपने गुणों को अर्पित करते हैं,
समुचित सज्जन पुरुष, दृढ़ संकल्पित होते हैं,
भक्त की भक्ति से, भगवान प्रफुल्लित होते हैं!

पूष माघ की ऋतु परिवर्तन, जीवन पथ पर हुए समर्पण,
हीन भावना का होगा तर्पण, मन के जैसा कोई न दर्पण,
परिधि ज्ञान में, आत्मिक बीज, अंकुरित होते हैं,
भक्त की भक्ति से, भगवान प्रफुल्लित होते हैं!

कर्मठता का कर्म करे जो, समय चक्र में धैर्य धरे जो,
वो ही पूर्ण पूज्यवर, गुरुता के गर्व को, संचित रखते हैं,
महापुरुष मंजिल से, कभी न वंचित होते हैं,
भक्त की भक्ति से, भगवान प्रफुल्लित होते हैं!

ज्योति बिष्ट 'जिज्ञासा'

पति का नाम	:	श्री एस. एस. बिष्ट
पता	:	ग्राम सिताड़ा, जनपद-चमोली-(उत्तराखंड)
	:	आओ. रोपा, जनपद चमोली, उत्तराखंड
शिक्षा	:	एम. ए., डी. एल. एड
व्यवसाय	:	अध्यापन
वर्तमान में	:	नालन्दा पब्लिक स्कूल, गोपेश्वर, जनपद चमोली
मोबाइल न०	:	9720502340
ई-मेल	:	jyotibisht293@gmail.com

पुरवाई

चले पूरब से पुरवाई
अरहर अलसी लहराई
खेत में सरसों पीली पीली
लहरा के मन को हरषाई।
सोने -सी गेहूँ की बाली
मंद-मंद झूमे हर डाली
चले जोर से जब पुरवाई
ताड़ खड़ा हो बजाए ताली।
धान-पौध से खेत हरा है
जल से दूजा खेत भरा है
मिलकर सब रोपण कर आएं
पुरवाई ने जोश भरा है।
प्रिय की याद में खोई है
जरा आँख भी रोई है
पुरवाई ने आँचल छेड़ा
जगी आस फिर सोई है।
बाहर सब हरियाली है
वो अंदर दुख को पाली है
प्रिय की आस न छोड़ सखी
कहती पुरवा मतवाली है।

मन-मीत

ये व्रजधाम
लगे अति पावन
मनभावन।

राधा रानी के
संग विहरे हरि
कुंज गलिन।

वृंदावन में
चरण धूलि हरि
लगाऊं माथे।

गोकुल धाम
बसे मन प्राण में
भुलाऊं कैसे।

बरसाने में
रोई राधिका सखी
संग में रोई।

गोपाल गये
मथुरा को जब से
सुध बिसरी।

कृष्ण ही हैं
मेरे मन के मीत
जताऊं कैसे।

कलानिधि

तारापथ है शुभ्र धवल
कलानिधि के आने से।
हृदय तार हुए झंकृत
कौमुदी अरमान हैं जागे।
इला व्यथित थी पखवाड़े से
तृप्त हुई मिलके हिमकर से।
चंद्र जब पहुँचे अब्धिद्वार
उठे स्वागत को पारावार।
जल में उठी तरंग विशाल
चंद्र चरण पड़े जलधाम।
विटप अरण्य नहा उठा
चंद्र मरीचि की आभा से।
शीतल दूधिया अंचल में
सुप्त शोभित माया संसार।
प्रात हो निशानाथ चले
और अंशुमान का राज फले।
बेचैन हृदय से प्रति क्षण
पुनः प्रतीक्षा क्षिति की चले।

चन्द्र और चकोर

दरस चन्द्र का आज मिला,
मनमोहक वन का रूप खिला।
विरही चकोर का हृदय कहे,
मंजुल यह एक उपहार मिला।
निशा गयी बीत दिवस आया,
बेचैन हृदय फिर घबराया।
नभ में दृष्टि डाल भई शीतल,
रूचिर धुँधली शशि की छाया।
विरहा शूल हृदय घबराता,
विछोह ना ये मन को भाता।
हृदय चकोर का करे पुकार,
कौन सा तुम संग ये नाता।

हरि बख्श यादव 'हर्ष'

पुत्र	-	श्री लोरिक यादव
पत्नी	-	आसा यादव
जन्म	-	25/11/1979
ग्रा. पो	-	बेनी गौरा (कोयलसा)
जनपद	-	आजमगढ़
शिक्षा	-	स्नातक, इलाहाबाद विश्वविद्यालय, इलाहाबाद बी एड, बी टी सी
पेशा	-	सहायक अध्यापक U.P.S, बेसिक शिक्षा परिषद सुल्तानपुर
रुचि	-	पठन, पाठन व लेखन
उपलब्धि	-	समय समय पर पत्र, पत्रिकाओं व समाचार पत्रों में रचनाओं का प्रकाशन
ईमेल	-	yadavharibaksh1979@gmail.com
मो०	-	9026203512

मेरा गाँव

मेरे गाँव की माटी सोना, पानी है सुधा समान
देश हित जहाँ पैदा होते, अनगिनत वीर जवान।

यहाँ खेत खलिहान सुहाने
पीपल के हैं पेड़ पुराने
घूमा करते मस्त मगन हो
अलबेले से दीवाने
और आम की अमराई में, गाये कोयल गान
मेरे गाँव की माटी सोना, पानी है सुधा समान।

घनन घनन घण्टा ध्वनि गूँजे
जहां देव नारी नर पूजे
द्रुम डाली के सघन छाँव में
बैठी चटक मगन मन कूजे
और भोर के प्रथम पहर में गूँजे सकल अज़ान
मेरे गाँव की माटी सोना, पानी है सुधा समान।

कोयल, मोर, पपीहा बोलें
दिग्दिगन्त अमृत रस घोलें
गाय, बैल के संग में आकर

कस्तूरी मृग हौले डोले
ताम्रशिखा के तीक्ष्ण ध्वनि से होता यहाँ बिहान
मेरे गाँव की माटी सोना, पानी है सुधा समान।

कलकल ध्वनि सलिला है करती
शीतल पवन सनन सन बहती
सोंधी खुशबू इस मिट्टी की
अंग - अंग में ऊर्जा भरती
ऊँची अट्टालिकाओं संग, हैं बने हुए मकान
मेरे गाँव की माटी सोना, पानी है सुधा समान।

मृत्यु बोध

सत्य चिरन्तन मृत्यु बोध है
इक न इक दिन आती है।
संग समाहित करके अपने
सचर अचर ले जाती है।
सगे सहोदर शेष बचे को
करुण आह दे जाती है।।
सत्य चिरन्तन मृत्यु ....

मरघट के जलती ज्वाला से
माया मोह जला कर के।
झरझर झरते अश्रु बिंदु को
आखों में दे दे करके।
क्षणभंगुर जीवन की गाथा
सबको यही बताती है।।
सत्य चिरन्तन मृत्यु ....

किसी देश का राजा हो वो
या कि हो कोई रंक, फकीरा।
भटक रहे राहों का पागल
या कि हो कोई अति मतिधीरा।

सबको स्नेहिल थपकी देकर
चिर निद्रा में सुलाती है।।
सत्य चिरन्तन मृत्यु ....

जीवन के कलुषित पैमाने
झूठ साँच के सब तहखाने।
डगर डगर में खुले हुए उन
मधुशाला और मयखाने।
क्षण भर में सब बन्द कराके
मृत्युलोक ले जाती है।।
सत्य चिरन्तन मृत्यु ....

विविध रूप ले ले के आती
जाती ज़ख्म बड़ा दे के।
यादों के झिलमिल रातों संग
दिल में शूल गड़ा कर के।
जीवन में जो न भूले वो
अमिट याद दे जाती है।।
सत्य चिरन्तन मृत्यु ....

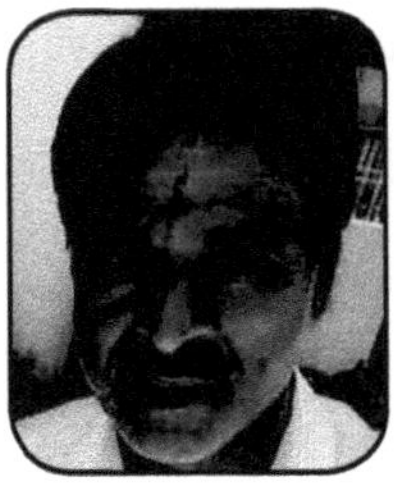

राजमल मावर

मेरा जन्म 28/03/1959 को होली की शीतला सप्तमी के दिन प्रातः काल 5 बजकर 5 मिनट पर दशपुर नगर मन्दसौर मध्यप्रदेश में हुआ। माता का नाम सोनी बाई और पिता का नाम जीतमल मावर था। मैंने बी.ए. तक का शिक्षण किया। शिक्षण के बाद मैंने नौकरी के लिये संघर्ष किया कोई नौकरी ना मिलने पर मैंने मन्दसौर में नई आबादी क्षेत्र में हालीवुड टेलर्स के नाम से अपनी दुकान डाली फिर सन 1983 में मेरा विवाह ग्वालियर में हुआ मेरी पत्नि का नाम गीता है फिर मुझे सन 1987 तक पुत्री एवं पुत्र रत्न की प्राप्ति हुई सन 1994 में मैंने परिवार के दबाव में आकर अपनी दुकान छोड़ दी और प्राइवेट नौकरी करने लगा इसी बीच दो बार मेरा एक्सीडेन्ट हुआ जिसके कारण मुझे मशीन और गाड़ी चलाने में परेशानी होती थी। मेरे पिताजी की ट्रांसपोर्ट थी जिसपर मेरे बड़े भाई काम करते थे द्य मैंने भी वहां काम करना शुरू किया परन्तु मुझे वहां भी संघर्ष करना पड़ा लेकिन इन सब संघर्षों के बीच मेरा एक संघर्ष जारी था लेखन का मैं अपने खाली समय में जब भी तन्हा या खुश होता हूँ तो कलम के माध्यम से कागज पर उतार देता हूँ उसी का कुछ अंश आपके सामने है।

बहता है जल, बहता है जल

बहता है जल, बहता है जल
कहलाता है गंगाजल
कल-कल करती नदियां आती
बहती जाती है यहाँ से वहाँ
जल जीवन का रूप बने
जहाँ बसे इन्सान वहाँ
बहता है जल, बहता है जल
कहलाता है गंगाजल
हरियाली, खुशहाली जल के ही रूप हैं
कोयल की कुहू-कुहू, नदियों का शोर
कल-कल-कल करती नदियों का शोर
बहता है जल, बहता है जल
कहलाता है गंगाजल
मनुष्यों के तन और मन दोनों
को साफ करता है जल
जीवन में प्यास को बुझाता है जल
पापों को मिटाने वाला होता है गंगाजल
बहता है जल, बहता है जल
कहलाता है गंगाजल

खोया-खोया सा रहता हूँ

खोया-खोया सा रहता हूँ, तुम्हारी
याद में, मैं तुम्हारी याद में
नींद नहीं आती है मुझको
तुम्हारी याद में, तुम्हारी याद में
चाँद सी आँखें तुम्हारी हैं
आँखों में ही खोया रहता हूँ मैं
नींद नहीं आती है सारी रात में
देखूँ मुस्कुराता चेहरा सारी रात में
नींद नहीं आती मुझको सारी रात में
खोया-खोया रहता हूँ तुम्हारी याद में
देख माथे की बिन्दियां चंदा के आकार सी
देखूँ गगन में चाँद मैं तेरी याद में
नींद नहीं आती मुझे तुम्हारी याद में
रात गुजर जाए अगर याद तुम्हारी रहेगी
ख्वाब रहेगा आँखों में नींद नहीं आएगी
फिर अंधेरी रात में
नींद नहीं आती है मुझकों तुम्हारी याद में
खोया-खोया रहता हूँ मैं तुम्हारी याद में

नील गगन पर उड़ने वाले बादल

नील गगन पर उड़ने वाले बादल
रुक-रुक देख भारत की आजादी
15 अगस्त याद रखना इस दिन मिली आजादी
क्या हिन्दू, क्या मुसलमान
क्या सिक्ख, क्या इसाई
आपस में हम सब है भाई-भाई
सबने देश में आजादी की कसम खाई
नील गगन में उड़ने वाले बादल
रुक-रुक देख भारत की आजादी

म्हारो भारत, म्हारो तिरंगा
म्हारो संविधान
15 अगस्त वह पर्व है जिसने दी है
भारत को आजादी की पहली-पहली पहचान
नील गगन पर उड़ने वाले बादल
रुक-रुक देख भारत की आजादी
सन 1947 में जब भारत हुआ था आजाद
रोक नहीं पा रहा था कोई भी
भारतवासी अपने दिल के जज्बात
आज भी 69 वर्षों बाद यह पर्व आएगा
आज भी हर भारतीय पूरे हर्षोल्लास से
अपना 70 वां स्वतंत्रता दिवस मनाएगा
नील गगन पर उड़ने वाले बादल
रुक-रुक देख भारत की आजादी

अंगारों पर चलना मेरी आदत है

अंगारों पर चलना मेरी आदत है
गद्दारों से नफरत है मुझे
जीना ऐसा क्या जीना
गद्दारों के साये में
मार दूँ या मर जाऊँ
ऐसा मैंने सीखा है
अंगारों पर चलना आदत है मेरी
गद्दारों से नफरत है मुझे
मार दूँ या मर जाऊँ
ऐसा मैंने सीखा है
जो है देश का दुश्मन मेरा
उसको मारना ही होगा
देश में नहीं रहना हमें डरकर
ऐसे गद्दारों से
उनका लड़कर सामना हमको करना होगा
बचने ना पाए देश का आतंकी
और गद्दार वार जमकर करना होगा
अंगारों पर चलना आदत है मेरी
गद्दारों से नफरत है मुझे
नफरत बसी है आंखों में मेरी
उनके प्रति जो देश में आतंकी और गद्दार हैं
इसके अलावा दुनिया में जितने भी लोग हैं उनसे मुझे प्यार है
अंगारों पर चलना आदत है मेरी।

किरन पुरोहित 'हिमपुत्री'

पिता का नाम	:	श्री दीपेंद्र पुरोहित
माता का नाम	:	श्रीमती दीपा पुरोहित
जन्म	:	21 अप्रैल 2003
अध्ययनरत	:	कक्षा 12वीं में
प्राप्त सम्मान	:	जीवी प्रकाशन जालंधर द्वारा- 'काव्य शिरोमणि गोपाल दास नीरज' स्मृति सम्मान
पता	:	ग्राम - बरसाली, पोस्ट ऑफिस - उमट्टा
जनपद	:	चमोली (उत्तराखंड) पिन 246444
मो. नं०	:	7302229801
ईमेल	:	deepapurohit@272gmail.com

है गुरू वही

है गुरु वही जो सह सके
निज शिष्य हित अपमान को
अर्जुन वचन की रक्षा के हित
रुष्ट कर भील बालों को

है जगत कहता सतावें
कैसे गुरु श्री द्रोण थे
बिन कुछ सिखा अंगुष्ठ मांगे
कैसे दृष्टिकोण थे
दे दिया गुरु ने यदि आशीष
विश्वजीत का
तो मार्ग में आने ना दे शर वह
किसी अजीत का

तब कुछ कहे जग कुछ करे जग
वन विहग सा एक डगरी, चाहे
भरे वह पाप गगरी
शिष्य को कर देगा अर्जुन सा
भयंकर धनुर्धारी
निज प्रतिष्ठा पर भले चढ़ जाए
जग की धूलि सारी

ओ बदरा प्यारे

देखो कैसे नयन बिछाए,
ओ बदरा प्यारे
हिरणों की वह मस्त टोलियां,
ओ बदरा प्यारे

तेरे आने की बाट तके,
ओ बदरा प्यारे
मत्स्य से उनके नयन,
ओ बदरा प्यारे

सूखे उनके कंठ कहे,
ओ बदरा प्यारे
करते रहे पुकार सुनो
ओ बदरा प्यारे

बस खत्म करो अब देर
ओ बदरा प्यारे
बरसा दो जीवन बूंद
ओ बदरा प्यारे
कर कर गर्जन चार

ओ बदरा प्यारे
वर्षा करो अपार सुनो
ओ बदरा प्यारे

करते यही पुकार सुनो
ओ बदरा प्यारे
टूटे मटके अरु कूप सुनो
ओ बदरा प्यारे

एक ही करें गुहार सुनो
ओ बदरा प्यारे
अश्रु मूर्त वह नार सभी
ओ बदरा प्यारे

प्रकट करो अब प्यार
ओ बदरा प्यारे
अब आएंगे त्योहार सभी
ओ बदरा प्यारे

मेघमाला

बांधकर द्वारावती के धीश के आशीष को
देह के ऊपर सजाकर
शुभत्व शुभ आशीष को

हिंदू सिंधु में समाए
राम के पुरुषार्थ का
लाए संदेशा बाँध कर
निज देह पर रघुनाथ का

बंग सिंधु में जगत के
नाथ हरि का साथ लेकर
श्री पुरी हरिधाम की
सुंदर सुवासित बात लेकर

आज बद्री धाम पहुँची
श्वेत सुंदर मेघमाला
और हम पर है चढ़ाती
जान्हवी सम प्रिय धारा

द्वारिका जगनाथ व रामेश
की ले कर प्रसादी
पंचामृत गव्य यह
सबको पिलाती मेघमाला

नानक चन्द 'चन्दन'

पिता का नाम	:	श्री चन्दन लाल
माता का नाम	:	श्रीमती तारावती
पता	:	गयाकुण्ड मोहल्ला- कामाँ, भरतपुर, (राजस्थान)
मोबाईल नं०	:	9887963775
ई-मेल	:	nanakchand1975@gmail.com
शिक्षा	:	एम.ए. (संस्कृत, हिन्दी) शिक्षा शास्त्री
प्रकाशित कृतियाँ	:	साझा संकलन 'दोहा बत्तीसी' बज़्म ए हिन्द, एवं पत्र-पत्रिकाओं में अनेक रचनाओं का प्रकाशन हुआ है।
सम्मान	:	कई मंचों से श्रेष्ठ दोहाकार, दोहा रत्न, दोहा सिद्ध, साहित्य सृजक एवं साहित्य शारदा मंच खटीमा उत्तराखण्ड द्वारा दोहा-शिरोमणि की मानद उपाधि से अलकृत किया गया है।

मनहरण घनाक्षरी अष्टक

मात गुणगान तव गाएँ हम भक्त सब ज्ञान सुर ताल लय कविता का दीजिए।
वाणी रस सिक्त कर भाव शुभ उर भर गीत संगीत सहज कण्ठगत कीजिए।।
आए तेरे द्वार दास उर भर नव आस शारदा भवानी मात शरण में लीजिए।
काव्य छन्द शास्त्र वेद हर सब चित्त खेद ब्रह्म तत्त्व बोध गूढ़ सिखा अम्बे दीजिए।। 1

धरती को परिवार मान सब करें प्यार ऊँच नीच भेदभाव सकल भुलाइए।
दूध दही नवनीत छाछ रस अन्न दाल शाक फल फूल मेवा कन्द-मूल खाइए।।
मिटे रोग शोक भय तन रहे निरामय मन निज साधकर मोद नव पाइए।
भोग तज योग कर ध्यान उर ईश धर जीवन सफल नर अपना बनाइए।। 2

धरती की आस घन कानन हुलास घन मयूरों का नाच अरु पपीहे का गीत है।
दादुरों की टर्र टर्र झींगुरों की झाँय झाँय तीतर बटेर रव खगगन प्रीत है।।
नदियों की धार मेघ सर का श्रृंगार मेघ झरनों की कलकल सागर का मीत है।
सावन फुहार घन अमुआ की डाल घन वधुओं का झूलना त्योहारों की रीत है।। 3

घटा घनघोर नभ काली काली छाई जब उर में हिलोरें उठीं विरहा की पीर की।
यामिनी में दामिनी की चकाचौंध जब हुई छवि कई घूम गई यमुना के तीर की।।
श्याम-श्याम मेघ सखि ! गरज गरज कर सुरत कराते मुझे श्यामल शरीर की।
शीतल पवन तन बरछी सी लगती है तीर जैसी चुभती है हर बूँद नीर की।। 4

मोर जब बोलते हैं उर पट खोलते हैं कुंजगली याद आती क्षीरवट धाम की।
चातक की टेर सुन कर्णपुट वंशी धुन गूंज जाती माधुरी सी राधे राधे नाम की।।
अम्बर में जब जब दामिनी चमक जाती छवियाँ उकेर देती नटखट श्याम की।
हुआ है पराया सखि! नवलकिशोर कैसा सुधियाँ ही भूल गया सारी ब्रजधाम की।। 5

नदी नद कल-कल शुक पिक मोर रव गज का सुघोष अरु नाद वनराज का।
चिड़ियों का चहकना सारसों का लहकना दप-दप दहकना जुगनू समाज का।।
पंक्ति बद्ध बक अरु कौओं की बारात नभ कपोतों के झुण्ड पर झपटना बाज का।
यादों में है याद सब दिखें नहीं दृश्य अब छिन गया रूप रंग धरती के ताज का। 6

बाग बन काट दिए नदी नद पाट दिए गिरिवर तोड़कर धरन मिलाए हैं।
हाथियों के दांत तोड़े नाहरों की खाल नोची हिरणा शशक खग मानव ने खाए हैं।।
भोगवादी बन गया त्याग शील तप दया परमाणु हथियार इसने बनाए हैं।
दूषित है जल थल नभ में भी हलचल बादल विनाशकारी दशों दिशि छाए हैं।। 7

नर अब चेत कर ध्यान निज हेत धर नाश के औजार सब तज अब दीजिए।
आपस का वैर त्याग भूल कर डाँट-लाग वेद मंत्र उर धार भाईचारा कीजिए।।
ज्ञान का प्रकाश कर धरा का विकास कर पर्यावरण शीघ्र ही शुद्ध कर लीजिए।
हरे भरे पेड़ लगा दूषण को दूर भगा रोग शोक दूर कर शान्त रस पीजिए।। 8

कुण्डलियाँ

वाणी में रस घोल कर, करो मधुर संवाद।
वेदों का उपदेश यह, रखो हमेशा याद।।
रखो हमेशा याद, भूलकर भी मत भूलो।
चंचल पीपल पात, सरसि अस्थिर मत झूलो।।
कह 'नानक' नादान, जगत के हैं वे प्राणी।
रहे हृदय को बींध, बोलकर कड़वी वाणी।। 1

सुनिए केवल भाग्य से, नहीं सुधरते काज।
जो करते पुरुषार्थ जग, वे बनते सरताज।।
वे बनते सरताज, जगत को राह दिखाते।
और भोगते भोग, लोग उनका यश गाते।।
कह नानक कविराय, तर्क सम्मत मग चुनिए।
आगम निगम पुराण, और सज्जन की सुनिए।। 2

जग में श्रम अरु भाग्य का, समझ गया जो मर्म।
वह जन करता है सदा, धर्म पुष्ट सतकर्म।।
धर्म पुष्ट सद्‌कर्म, जगत हितकारी होते।
करके निर्मल चित्त, सकल अघ मल को धोते।।
कह नानक कविराय, वह नर रुके न मग में।
जो करता पुरुषार्थ, धर्मरत होकर जग में।। 3

काया मानव को मिली, करने को उपकार।
परपीड़न छल छिद्र में, मत करिए बेकार।।
मत करिए बेकार, सदा परहित रत रहिए।
तज दुर्जन की रीत, राह सज्जन की गहिए।।
कह नानक कविराय, जगत थिर रहे न माया।
मत कर मनुज गुमान, अरे क्षणभंगुर काया।। 4

दोहा द्वादशी

जैसे कंचन को तपा, कर देते हैं शुद्ध।
वैसे शोध विचार को, बनता मनुज प्रबुद्ध।। 1

नेह करें हर जीव से, स्वच्छ रखें परिवेश।
सकल जगत भगवानमय, यही वेद उपदेश।। 2

नाव चढ़े गाड़ी कभी, गाड़ी नाव सवार।
इसी तरह चलता सदा, उलट पलट संसार।। 3

दो जोड़ी कपड़े तथा, भवन, चपाती दाल।
यही जरूरत मनुज की, शेष वासना जाल।। 4

जीवन जल वीची सरिस, अस्थिर नश्वर जान।
पल उपजे पल में मिटे, कर मत मनुज गुमान।। 5

छुरी बगल मुख राम अरु, अन्तर भरा दुराव।
ऐसी बगुला भक्ति में, मिले मात्र भटकाव।। 6

परमेश्वर सर्वज्ञ अज, अनुपम अमल अपार।
अग-जग में व्यापक सदा, सकल सृष्टि आधार।। 7

मन में कुछ भर कर नहीं, मन भर कर जी मित्र।
बन जाए आदर्श जग, तेरा विमल चरित्र।। 8

नारी से ही चल रहा, यह जैविक संसार।
नारी बिन नर का सकल, बल विक्रम बेकार।। 9

बालक से भी सीख ले, विष से सुधा निकाल।
वैरी से गुण मैल से, कनक उठा तत्काल।। 10

सफल वृष्टि मरुदेश में, सफल दीन को दान।
किसी बुभुक्षित को दिया, सफल अन्न, जलपान।। 11

जिस पथ पर निज हित नहीं, नहीं लोक उपकार।
उस पथ पर चलना नहीं, यही नीति का सार।। 12

अशोक वर्मा

पिता	:	स्व. नरेश मोहन वर्मा
शिक्षा	:	स्नातक (लॉ)
जन्म	:	4 जुलाई 1957
प्रकाशित रचनाएँ	:	1978 में मात्र एक कहानी संग्रह प्रकाशित पत्र-पत्रिकाओं में छुटपुट प्रकाशन, आकाशवाणी भागलपुर से रचनाओं का नियमित प्रसारण, नर्मदा के रत्न साझा काव्य संकलन, साहित्य के प्रकाश पुंज साझा कहानी संकलन
पता	:	अशोक कुमार वर्मा, भीखनपुर, 12 नम्बर गुमटी, भागलपुर (बिहार)
मोबाइल	:	8862971763
ईमेल	:	vermaksa@gmail.com

तीन दिन पहले एक बारात में जाने का सौभाग्य प्राप्त हुआ। तय समय पर ही सब कुछ ठीक-ठाक चल रहा था। डी जे, बैंड, लाइट सारे तैयार। दूल्हे राजा अपने जीजाजी के साथ सजी कार में विराजमान। लेकिन बारात रुकी हुई थी। पता चला, पिता श्री के जीजाजी तैयार हो कर अभी तक नहीं आए हैं। पिता श्री उनको मनाने के लिए गए हैं। पिता श्री के जीजाजी मतलब दूल्हे राजा के फूफाजी। फूफाजी को समर्पित चंद पंक्तियाँ-

बारात सजी खड़ी थी

गहमा-गहमी चारों ओर पसरी थी
डी जे पर बच्चे थिरक रहे थे
बैंड बाले भी अब्दुल्ला दीवाना बजा रहे थे
दूल्हे संग जीजाजी लिए 'सेहरा' सजे थे
लेकिन एक शख्स परेशान घूम रहे थे
दूल्हे के पिता श्री बताये जा रहे थे
पिता श्री ढूंढ रहे थे अपने जीजाजी को
चारों तरफ छापे डाले जा रहे थे
गहन पूछ-ताछ के बाद सुराग हाथ लगा था
जीजाजी कोप भवन में बैठे बताए जा रहे थे
पिता श्री जीजाजी को मनाने लगे हुए थे
न वहन, न उन्होंने कोई एटेंशन उन्हें दिया था
इसलिए 'वे' नाराज चल रहे थे
बारात तो दूर, वो बाहर कदम रखने भी नहीं जा रहे थे

पत्नी ने नाक कटाने की बात कह समझाया था
माँफी मांगी, फिर भी बात नहीं बन पाई थी
बिगड़ता खेल देख पिता श्री ने अंतिम चाल चली थी
अपनी पगड़ी रख पैरों पर बात बनाई थी
जीजाजी हुए निहाल, पूछे एक सवाल
कहाँ है मेरा कोट-पैंट और रूमाल
झटपट होकर तैयार, लगा कर डियो आर-पार
झट बैठे गाड़ी में, बारात लगी तब द्वार
जीजाजी के गले में माला डाली चार
बनाए गए समधी, हो गए निहाल
पिता श्री ने फिर किसी समय न छोड़ा हाथ
जब तक लौट कर न आई बारात।

आज आर्य मौन टूटा था

रूम पार्टनर से हमने पूछा था
उम्र अस्सी रिटायर अफसर बताया था
अपना कोई घर नहीं
स्टेशन की जल्दी नहीं बताया था
बच्चे बसे विदेश में
देते हैं सम्मान
रहने को साथ बुलाते हैं
मानते हैं जान-प्राण
अपना देश अपनी माटी ही
मुझे प्यारी लगती है
विदेश जेल जैसी लगती है
पितृपक्ष या मातृपक्ष के रिश्तेदारों संग
भिक्षुक की तरह जी लेता हूँ
पूछते नहीं बच्चे पैसों को
मैं ही खरचता हूँ रिश्तेदारों पर
सम्मानित होने की आस लिए
'वो' गईं हैं जबसे
स्वाद बिल्कुल भूल गया हूँ
फरमाइस नहीं करता हूँ
जो मिल जाता है खा लेता हूँ

समय यूँ ही गुजारा करता हूँ
भिक्षुक की तरह जी लेता हूँ
निराशा के बादल उमड़-घुमड़ रहे थे
आंखें नम और होंठ फफक रहे थे
एक प्रश्न चिन्ह बड़ा हो रहा था
मैं निर्धन कहाँ खड़ा हो रहा था
मर्ज तो दोनों का एक ही बता रहा था
वह अपने को भिक्षुक बता रहा था

टूटा हुआ सपना

‘वह’ आदमी है
लेकिन
उसे सरजमीं पर चलते हुए नहीं देखा गया
वह अपने घर आता है
खिड़की अथवा रोशनदान के सहारे
‘छज्जा’ पर बैठता है
कुछ उलटता पुलटता है
उस के आने पर सामने खड़ी होती है
एक औरत दो बच्चों के साथ मैले कुचले कपड़ों में
उसके आने की आहट पाते ही
चार सिपाही एक हवलदार आ धमकता है बंदूक ताने
और फिर ‘वह’ उसी खिड़की अथवा रोशनदान के सहारे
हवा में विलीन हो जाता है
जी हाँ
‘वह’ आदमी ही है
कोई चोर उचक्का या भूत प्रेत नहीं है
लेकिन उसे सरजमीं पर चलते हुए नहीं देखा गया है
यह क्रम चलता रहता है
एक दिन उसके आने पर
चार सिपाही एक हवलदार बंदूक ताने आ धमकता है

लेकिन आज 'वह' भागता नहीं है
सरजमीं पर कूद जाता है
आश्चर्य है कि आज उसके हाथ में भी बंदूक है
इतने में चूहे को पकड़ने के क्रम में
'शायद'
बिल्ली रसोई में उछली थी
बरतन गिरा था
नींद टूटी थी
सपना भी टूटा था
मैं उठ बैठा था
फिर मैंने टूटे हुए सपने को
जोड़ने का अथक प्रयास किया
क्या टूटा हुआ सपना फिर से जुड़ पाता है?
क्या टूटा हुआ सपना फिर से????

रानी कुमारी

माता	:	श्रीमती मीना देवी
पिता	:	श्री केदार प्रसाद सिंह
पति	:	अनिल कुमार सिंह
जन्म	:	30 जून
शैक्षणिक योग्यता	:	एम.ए. (इतिहास)
पेशा	:	शिक्षिका
अभिरुचि	:	कविता व लघुकथा लेखन
पता	:	ग्राम- जगनी 'ए', पो. - बनैली, थाना- के. नगर, जिला- पूर्णिया (बिहार)
मोबाइल	:	8581949482
ईमेल	:	raniksingh77@gmail.com

मुक्ति चाहती हूँ

धन-दौलत, सत्ता और न,
प्रलय की शक्ति चाहती हूँ,
नारी हूँ, बस
नारी की मुक्ति चाहती हूँ।

तेरे कुलदीपक को अपनी,
कोख से हमने जाया,
फिर भी कुलटा कह,
पल-पल हमें जलाया।

दिन-दहाड़े, चौक-चौराहे,
लुटती अस्मत हमारी,
इतनी बेरहम क्यों?
किस्मत हमारी।

जुल्म की जंजीरों से,
कब तक जकड़े रहें हम,
कूद कुएं में,
अपनी जान गंवायें हम।

राख में दबी चिंगारी,
कब तक बनी रहेगी नारी?
बहुत हुआ, अब न
मर्दों की आसक्ति चाहती हूँ।

नारी हूँ बस,
नारी की मुक्ति चाहती हूँ।

सब नियम से चले संसार में

उगे सूरज तो दिन होता, ढले सूरज तो रात आती।
चमकते सितारे आसमां में, चांद की शीतल चांदनी मुस्काती।

बीज अंकुरित जब होता है, नन्हीं पत्तियां निकल आती हैं।
छोटा पौधा, पेड़ बड़ा बन जाता है, तब कलियां, फूल-फलों से लद जाता है।

हाड़ कंपाती सर्दी आती, तन जलाती ग्रीष्म की गुबार आती।
फिर सावन की रिमझिम, ले कर वर्षा बहार आती।

चिड़िया उड़े आकाश में, मछली जल की धार में।
चींटी चले कतार में, सब नियम से, चले संसार में।

तो फिर बोल!
मनुज तू क्यों हैवान बना? पहाड़ तोड़ महल बनाया।
दे प्रकृति को चुनौती, कानन काट शहर बसाया।

नदियां दूषित, हवा दूषित, मिट्टी दूषित, पानी दूषित।
तेरी अंतहीन इच्छाओं ने, धरा के कण-कणको कर डाला दूषित।

कुत्सित तेरा प्रयास रहता, सम्पूर्ण ब्रह्माण्ड पर करें नियंत्रण,
पर तेरा यह कर्म ही दे रहा, आपदा को स्वयं निमंत्रण।

अखबार की खबरें

प्रतिदिन पढ़ती हूँ अखबार में,
राजनीति व व्यापार की खबरें।
खेल-जगत, सिनेमा, मनोरंजन और
नारियों संग दुराचार की खबरें।

पत्नी की गला दबा कर हत्या,
दहेज के लिए जला दिया।
तीन साल की बच्ची का बलात्कार,
तो किसी को घर से ही निकाल दिया।

किसी के खाते से पैसे उड़ा लिये,
तो कोई दुकान ही लूट गया।
किसी की जायदाद हड़प ली,
तो किसी का अपहरण हो गया।
जब पढ़ती हूँ अखबार की खबरें....

मन ग्लानि से भर उठता है कि
इसी समाज का एक हिस्सा हूँ मैं भी।
बगावत करना चाहता है मन मेरा,
पर कुचले जाने के भय से,
थोड़ी सहम जाती हूँ मैं भी।

मैं कलियुग की नारी

थी द्वापर की एक द्रौपदी,
हुआ जिसका चीरहरण,
मैं कलियुग की नारी,
होता मेरा शीलहरण।

भरी सभा में द्रौपदी ने,
गोविन्द तुम्हें पुकारा था,
बची लाज उस राजरानी की,
सब चमत्कार तुम्हारा था।

पर, आज गली-गली बैठा दुशासन,
लगा मुखौटा करता अट्टहास,
फूलों की तो बात छोड़ो,
कलियां नोचने का करता दुःसाहस।

मैं कलियुग की नारी,
मैं इतना ही गुहार करूंगी,
कान्हा ! अपना सुदर्शन दे दे,
खुद दुशासन का संहार करूंगी।

दीपिका मावर

पिता का नाम	:	राजमल जी मावर
स्थान	:	श्रीजी चित्र मन्दिर टाकिज सम्राट रोड, मन्दसौर (म.प्र.)
मो. नं.	:	9617610501, 9098885959
शिक्षा	:	एम.ए. (हिन्दी साहित्य), एम.कॉम., पी.जी.डी.सी.ए.
रुचि	:	लेखन, नृत्य, संगीत
भाषा	:	हिन्दी, अग्रेजी, संस्कृत
उपलब्धि	:	रचनात्मक लेखन में राज्य स्तर पर पुरस्कृत, कॉलेज स्तर पर कई प्रतियोगिताओं में प्रथम स्थान प्राप्त कविता दैनिक समाचार पत्र में प्रकाशित
महत्वकांक्षा	:	भविष्य में एक अच्छी लेखिका के रूप में पहचान बने।

नशा मुक्ति संदेश कविता

नशा करने वालों नशे को भूल जाओ
बंधे हो इस बंधन में अब तो खुल जाओ
जिन्दगी बहुत बड़ी है इसमें खुशी के फूल खिलाओ
जब भी आए कोई पास तुम्हारे उसे अच्छी चीज पिलाओ
डूबे हो इस बुरे जाल में इसे तुम खुलवाओ
नशे की आदत भूलकर लोगों को यह समझाओ
नशा करने वालों नशा है बुरी चीज
जिन्दगी एक मिली है उसे समझो तुम अजीज
जगह-जगह पर तुम नशा मुक्ति शिविर लगाओ
उसमें ज्यादा से ज्यादा लोग आकर अपनी आदत छुड़ाओ
सिगरेट, गुटखा, पान, सुपारी, शराब है बड़ी खराब
जो न समझे इस बात को वो है मूर्ख नवाब
जो करता है इसका सेवन उसको एक पल का न आराम
जिन्दगी उसकी, ऐसे कटती जैसे हो गयी हो बदनाम
नशे की लत छोड़कर भविष्य अपना बनाओ
करो काम राष्ट्र के लिये ऐसा उसको उज्ज्वल बनाओ
प्रण करो कि नहीं करोगे नशे का सेवन
क्योंकि नशा है तुम्हारी जान का दुश्मन
छोड़ोगे तुम नशे की आदत मिलेगा तुम्हें मान-सम्मान
जीवन तुम्हारा खुशहाल बनेगा बन जाओगे तुम महान
गुलशन - गुलशन बिखर जाएगा
परिवार तुम्हारा संवर जाएगा।

राष्ट्रपति को देशवासियों का सलाम

"डॉ. ए.पी.जे. अब्दुल कलाम जी
आपको हम देशवासियों का सलाम
आपने जो किया था देश के लिये काम
उससे भारत देश का हुआ था बड़ा नाम
हुए अनेक कार्य से जिससे बदल गई थी भारत देश की शान
होने लगी थी बड़े-बड़े देशों में भारत की पहचान और मान
राष्ट्रपति 2002 से 2007 तक मिले थे हमें ऐसे जिन्हें हम देशवासियों का प्रणाम
मैं और पूरा देश करेगा देश के लिये कुछ ऐसा काम
आपने जो परिकल्पना की थी उसे देंगे अब हम अंजाम
भारत महाशक्ति बनेगा 2020 में ऐसा था आपका विश्वास
हम करेंगे आपके उस ख्वाब को पूरा लगा देंगे
उसमें सारी शक्ति और अपनी सांस
देश पर आने नहीं देंगे हम जरा भी आंच
करेंगे हम हर देश में आतंकवादियों की जांच
करेगा भारत 2020 में जैसी आपकी कल्पना थी खुशी का रास
कविता लिखते-लिखते आंखे मेरी नम हो गई आज
काश! आप 2020 तक रहते हमारे बीच करते देश का और विकास
आज मैं और भारत का हर नागरिक आपको कभी नहीं भूलेगा ऐसा मेरा विश्वास
आपकी यादें और समर्पण का हमारे हर भारतीयों के दिल में होगा स्थान खास।

माँ क्या है

माँ है जलता दीया
माँ ने तुझे, मुझे जन्म दिया
माँ का ही सर्वप्रथम आहार दूध पिया
आज जो भी हम है सब माँ का दिया
माँ दर्पण की तरह
माँ अमृत की तरह
माँ गंगा जल की तरह
माँ आकाश की तरह
माँ पवन की तरह
माँ सूरज की तरह
माँ चाँद की तरह
माँ पेड़ की तरह
माँ तारों की तरह
माँ नदी की तरह
माँ गुरु की तरह
माँ दोस्त की तरह
माँ नहीं तो मैं नहीं तुम नहीं
कोई भी नहीं, कुछ भी नहीं
''माँ में सब है, माँ सबसे बड़ा रब है।
क्योंकि ईश्वर भी माँ को ही सबसे बड़ा मानते हैं।
''माँ शक्ति है, माँ भक्ति है
माँ बच्चों के सारे दुःखो को हरती है।''
''दिल से निकलती है उसके लबों से बस दुआ
दुनिया में ऐसी होती है बस हमारी माँ।''

जोगन

मुट्ठी में बांधी जो बालू
कण-कण करके सरक रही
झोली लेकर अपनी खाली
जोगन बनकर भटक रही
चाहा था मैंने कब जग से
मुझकों ऊँचे महल मिले
मोह नहीं माणिक मुक्ता का
ओस से भीगे कमल मिले
चाहा था मैंने कब रब से
धरती नीले गगन मिले
लोभ-नहीं चांदी सोने का
प्रेम से भीगे नयन मिले
जाने कितनी ही उम्मीदें
इच्छा मन में कसक रही
मुट्ठी में बांधी जो बालू
कण-कण करके सरक रही
छोटी सी वो भूल थी मेरी
थोड़ी सी थी नादानी
कांटो में जा ढूंढी खुशबू,
पत्थर में ढूंढा पानी

आहों की नगरी में स्वयंवर
रचा रही पीड़ा रानी
विरहा की डोली ले आ,
दुख दुल्हा दर्द बाराती
आधे-अधूरे गीत की पंक्ति
चन्दन बनके महक रही
मुट्ठी में बांधी जो बालू
कण-कण करके सरक रही
वो खुद को दर्द का मसीहा हरदम बताते है
बबूल के कांटे से घाव पर मरहम लगाते है

लाल देवेन्द्र कुमार श्रीवास्तव

पिता	:	स्व. श्री अमर नाथ लाल श्रीवास्तव
माता	:	स्व. श्रीमती लीला श्रीवास्तव
जन्म स्थान	:	ग्राम-कैतहा, पोस्ट-भवानीपुर, जिला-बस्ती (उत्तर प्रदेश)
शिक्षा	:	बी. एससी., बी. एड., एल. एल बी., बी टीसी. (शिक्षक, कवि, लेखक, सामाजिक कार्यकर्ता)
संप्रति	:	सहायक अध्यापक, पूर्व माध्यमिक विद्यालय पिपराजप्ती, Saltaua (बस्ती)
जिला मीडिया प्रभारी	:	अखिल भारतीय कायस्थ महासभा-बस्ती (अवैतनिक) व जिला सचिव
सचिव	:	जॉगर्स क्लब बस्ती (अवैतनिक)
सदस्य	:	प्रगतिशील लेखक संघ-बस्ती
लेखन की विधा	:	कविता/कहानी/लेख
प्रकाशन	:	पत्र और पत्रिकाओं में कविताएं व लघुकथा प्रकाशित।
सम्मान	:	कई संस्थाओं द्वारा सम्मानित

संपर्क	:	C/o श्रीमती मिथिलेश श्रीवास्तव मोहल्ला बैरिहवा (सिमरन पैराडाइस होटल के पीछे), पोस्ट-गांधी नगर, जिला-बस्ती-272001 (उत्तर प्रदेश)
मोबाइल नं	:	7355309428
ईमेल	:	laldevendra706@gmail.com

सुंदर सा जीवन

सुंदर सा जीवन हमें मिला,
प्रभु ने दिया हमें नेक वरदान।
इसको न हम व्यर्थ गवाएं यूँ ही,
बनाएं एक अमिट पहचान।।

पता नहीं यह प्यारा जीवन,
हमें दुबारा अब पाना है।
जीवन में हम सद्कर्म करें,
खुशियों से इसे सजाना है।।

दूजे से बिल्कुल न करें अपेक्षा,
अपना कर्तव्य निभाएं हम।
सुख में भले ही हम न पहुँचे,
दुःख में भागीदारी हमारी न हो कम।।

सुख दुःख कड़ी होती है जीवन की,
उन्हें सहर्ष हम स्वीकार करें।
अन्याय सहन बिल्कुल न करें,
सदा ही उसका प्रतिकार करें।।

सतपथ पर चलकर ही हम सब का,
जीवन पूर्ण सफल होगा।
मोह, लोभ व ईर्ष्या से,
सदैव विरत हम सब को रहना होगा।।

कभी किसी से छल न करें,
न करें किसी से जीवन में घात।
जीवन में प्यार मोहब्बत से,
बना सकें हम बिगड़ी बात।।

जीवन एक तलाश सदा,
बनी रहे सदैव सृजन की आस।
संघर्ष चले जीवन में सबके,
जिससे बुझे हमारी प्यास।।

न मिले सफलता जीवन में,
हम सच का दामन न छोड़े।
कठिन भले हो जीना भी,
अपना वादा हम न तोड़े।।

वरदान हैं बेटियाँ

सृष्टि की अप्रितम वरदान हैं बेटियाँ,
हर घर उपवन को महकाती हैं बेटियाँ।
हम बेटी को बुलाते हैं गुड़िया,
फिर सम अधिकार क्यूँ! न पाती हैं बेटियाँ।।

माँ का रूप धर ममता दिखाती हैं बेटियाँ,
बहन बन भाई के कलाई में राखी बांधती हैं बेटियाँ।
बेटी ही किसी की पत्नी बन महकाती हैं जिंदगी,
फिर शादी के बाद क्यूँ! जलाई जाती हैं बेटियाँ।।

कभी सिंधू, उषा तो कभी साइना बनती हैं बेटियाँ,
कल्पना चावला बन अन्तरिक्ष में उड़ती हैं बेटियाँ।
बेटियाँ बेटों से ज्यादा आज्ञाकारी मानी जाती हैं,
फिर मजबूती में कम क्यूँ! आंकी जाती हैं बेटियाँ।।

कुछ गाँवों में बेटों से कमतर मानी जाती हैं बेटियाँ,
चूल्हे-चौके के लिए ही समझी जाती हैं बेटियाँ।
बहुत सी बेटियाँ न जा पाती हैं स्कूल,
आखिर क्यूँ! बेटों जितना पढ़ाई न जाती हैं बेटियाँ।।

कुल का दीपक न समझी जाती हैं बेटियाँ,
संपत्ति में सम हकदार न मानी जाती हैं बेटियाँ।
बेटियाँ कुल व राष्ट्र को करती आ रही हैं रोशन सदा,
फिर गर्भ में ही क्यूँ! मार दी जाती हैं बेटियाँ।।

माँ के कामों में हाथ बटाती रही हैं बेटियाँ,
देवी के रूप में पूजी जाती रही हैं बेटियाँ।
बेटी ही बहू बन मिलाती हैं दो परिवार,
फिर भी क्यूँ! ठुकराई जाती रही हैं बेटियाँ।।

अभी भी पुरुषों के नाम से जानी जाती हैं बेटियाँ,
हमारे देश में सम मानी जाती हैं अब बेटियाँ।
बेटी होती है गंगा जल जैसा पवित्र,
फिर दरिंदगी का शिकार क्यूँ! होती हैं बेटियाँ।।

कभी महादेवी, सुभद्रा बन सृजन करती हैं बेटियाँ,
कभी सरोजिनी, लक्ष्मी सहगल बनती हैं बेटियाँ।
बन जाती हैं इंदिरा, सुषमा या लता मंगेशकर भी,
फिर आगे बढ़ने से क्यूँ! रोकी जाती हैं बेटियाँ।।

आशा डागर

नाम	:	आशा डागर
जन्म स्थान	:	ग्राम-चिड़ी
जिला	:	रोहतक (हरियाणा)
जन्मतिथि	:	8 दिसम्बर 1992
पति	:	श्रवण कुमार
शिक्षा	:	दिल्ली से सटे शहर बहादुरगढ़ से
रुचि	:	किताबें पढ़ने और लेखन में रुचि।
मोबाइल	:	8130862017
ईमेल	:	ashashravandagar@gmail.com

गर होते हम फरेबी तो ये हिमाकत ना करते

गर होते हम फरेबी तो ये हिमाकत ना करते,
पत्थर से दिल लगा यूँ इबादत ना करते।

बदल जाते रंग हम भी यूँ जमाने के जैसे,
खुद को यूँ समझाने की कोशिश ना करते।

रंग ए वफा न जाने कैसा होता है,
जान जाते तो हम ये नादानी ना करते।

बंजर जमीं से तड़पते रहे इक झलक को,
वो बेकदर इस दिल पर करम ही ना करते।

छुपाए बैठे हैं पहलू में जज्बात अपने,
वो नादान फिर भी गैरत ना करत।

बेरूखी तेरी हम यूँ सहते गए चुप्पी से,
चुप रहकर के हम यूँ शराफत ना करते।

जान जाते जो हम तेरे इरादे,
तो सपनों की खड़ी इमारत ना करते।

कैद कर मेरी रूह को मुस्कुराते हैं,
मेरे आंसूओं की भी जमानत ना करते।

घुटन में भी आशा जीये जा रही है,
जिंदगी से यूँ हम बगावत ना करते।
जाने क्यों एक सवाल बार बार मन में आता है

जाने क्यों एक सवाल बार बार मन में आता है,
मन को झंझोरता है रह रहकर सताता है,

जब लड़की और लड़का.......

वो बाप बेटी का रिश्ता, वो भाई बहन का बंधन है,
मामा भांजी, चाचा भतीजी वो पति पत्नी का बंधन है,

प्रेमी और प्रेमिका, शिक्षिका छात्र, सब है सही
फिर क्यों नहीं मानता समाज इस रिश्ते को सही

लड़की भी हो सकती है अच्छी सखा एक लड़के की,
जानती हूँ सबके मन में चिंगारी भड़केगी,

आखिर क्यों नहीं कोई ये रिश्ता अपनाता है,

ना सच्चे दिल से मित्रता निभाता है,
क्यों हर बार केवल लड़की के चरित्र पर सवाल बन जाता है,
यही वो प्रश्न जिनका ना जवाब मिल पाता है,

अरे जागो उठ कर नयी पहल करो तुम,
नारी शक्ति का मान करो पहचान करो तुम,
नारी को सम्मान दो, पहचान दो दोस्ती का मान करो तुम,

देखो फिर ये रिश्ता क्या बदलाव लाता है,
तुम बदलो, दुनिया बदलेगी, हमसे ही दुनिया का नाता है,
आखिर क्यों नहीं कोई इस रिश्ते को अपनाता है,
गर्दीश में है तारे भी महक फैली है फिजाओं में

गर्दिश में है तारे भी महक फैली है फिजाओं में,
जाने खुशीयाँ कहाँ खो गयी इस नए दौर की हवाओं में।

नायाब थे वो दिन पुराने जब जिद करते थे कुछ पाने की,
कहते ही सब मिल जाता, ना चिंता थी बैरी जमाने की,

अब कहाँ वो आनन्द है जो था माँ की दुआओं में,
जाने खुशीयाँ कहाँ खो गयी इस नए दौर की हवाओं में।

एक वो दिन थे जब हर गलती पर प्यार मिलता था,
मेरे भारत में बुजुर्गों को आदर सत्कार मिलता था,

जाने कैसी हवा चली........

अब तो समय बीतता कोर्ट कचहरी की धाराओं में,
जाने खुशीयाँ कहाँ खो गयी इस नए दौर की हवाओं में।

ये समय बड़ा कलयुगी आया, जहाँ गया स्वयं को अकेला पाया,
अब तो शायद डरने लगा है मुझसे मेरा ही साया,
साथ छोड़ गए सब रिश्ते नाते, जब साथ छोड़ गई काया,

हूँ अकेला पथ पर, पांव लड़खड़ाने लगे जीवन की राहों में,
जाने खुशीयाँ कहाँ खो गयी इस नए दौर की हवाओं में।

लम्हा लम्हा गुजरता है संघर्ष में बीत जाता है

लम्हा लम्हा गुजरता है संघर्ष में बीत जाता है,
ये वो वक्त है जो लौटकर ना दोबारा आता है।

जी लो खुशी से हर पल, यही वक्त हमारा है,
जो जब तक तेरे साथ है हर शख़्स तुम्हारा है,

जब मुँह मोड़ लेता है वक्त ना कोई साथ निभाता है,
ये वो वक्त है जो लौटकर ना दोबारा आता है।

साथ रहोगे ग़र वक्त के, सब मुट्ठी में कर पाओगे,
जो छोड़ा साथ वक्त ने फिर केवल पछताओगे,

जो साथ वक्त के रहता है वक्त उसी का साथ निभाता है,
ये वो वक्त है जो लौटकर ना दोबारा आता है।

गुजरा वक्त जा चुका ना मुड़कर अब आएगा,
याद उसको करने से ना कुछ हासिल हो पाएगा,

गुजरा समय याद कर बस आज नष्ट हो जाता है,
ये वो वक्त है जो लौटकर ना दोबारा आता है।

आने वाले कल की सोचो पर ऐसे सपने बनाना मत,
जो कर दे वर्तमान बेहाल ऐसा भविष्य सजाना मत,

भविष्य की नींव मानव आज में रख जाता है
ये वो वक्त है जो लौटकर ना दोबारा आता है।

देशपाल राघव 'वाचाल'

साहित्यिक नाम	:	'वाचाल'
पिता श्री	:	स्व. कप्तान फूलसिंह (आज़ाद हिंद फौज)
माता श्री	:	स्व. जावित्री जी
जन्म	:	15 फरवरी, 1948
जन्म स्थान	:	भौण्ड़सी (गुरूग्राम-हरियाणा)
शिक्षा	:	स्नातकोत्तर
उपलब्धि	:	पाँच साझा काव्य संग्रह, साझा ग़ज़ल संकलन 'इशरत-ए-क़तरा' का संपादन
सम्प्रति	:	सेवानिवृत्त सरकारी कर्मचारी, 'प्रखर गूँज पब्लिकेशन' की डिजिटल पत्रिका 'विचार वीथिका' के वरिष्ठ संपादक।

इन्द्रधनुष पर

किसी बहाने जब देखो छज्जे पर आना जाना छोड़ो
आता देख मुझे, खिड़की में आकर बाल बनाना छोड़ो

क्या नाता है तुमसे मेरा, क्यों अपनापन जता रहे
हँस-हँस कर यूँ बार-बार नैनों से तीर चलाना छोड़ो

मैं नसीब का मारा, मुझको पाकर होगा क्या हासिल
अपने दिल के बालू पर ख़्वाबों की फसल उगाना छोड़ो

आहें भरना-होंठ काटना-आँखें मलना, सब बेकार
घुट-घुट कर यूँ अपना दिल और मेरा जिगर जलाना छोड़ो

ख्वाब-तसव्वुर-तड़प-सिसकियों की उलझन से बाहर आओ
इन्द्रधनुष पर अपना-मेरा लिखना नाम, मिटाना छोड़ो

बिखरे मोती -अ से ऊ तक

अपनों के बहकावे में हम ऐसे हुए अचेत
अलसाई मुट्ठी से फिसला जैसे बालू रेत
अपने थे जो सच में उनसे तोड़ लिए सम्बंध
अब पछताए होत क्या चिड़िया चुग गई खेत

आया सावन आई आंधी आए बदरा कारे
आँखें पथरा गईं न बरसा पानी गाँव हमारे
आस लगाए बैठे पंछी आतुर पंख पसारे
आएँ बूंद नहाएँ हम भी उछल-कूद कर सारे

इतराता झरना झर झर झर
इठलाता पवन सर सर सर सर
इस ठण्डे मौसम में बेघर
इक बंदर काँप रहा थर थर

ईख के खेत में
ईंट के मचान पर
ईशाक़ खा रहा
ईद की सिवइयाँ

उमस भरी भांदों की सुबह
उंगली पकड़े अम्माँ की
उछल-कूदती जाती मुनिया
उ से उल्लू पढ़ने को

ऊबड़खाबड़ गाँव के रस्ते
ऊँचे-नीचे गलियारे
ऊंट के मुँह में जीरा जैसा
ऊटपटांग मनरेगा
छिटपुट

एक चम्मच नौकरी मिलती नहीं
कि अपने अरमानों का शरबत पी सकें
हाय, हम किस जोश में बी ए हुए

वैसे तो मैं पागल हूँ, पर
भौतिक सुख की चाह मेरा ईमान लूट ले
इतना पागल नहीं हुआ हूँ

मेरी द्रौपदी का चीर
निर्लज्ज दुशासन ने
बीच भरी भीड़ के
बार-बार खींचा है
नित नये ढंग बदल रहे नेता
कैसे ख़ुद को भी छल रहे नेता
यूँ तो कमरे में बंद हैं, लेकिन
देखिये फ़िर भी चल रहे नेता

अंदाज़ सूफ़ियाना

तुझसे तुझको मांगूँ तेरा हो जाऊँ
मेरा कुछ ना बचे तुझी में खो जाऊँ
अब ये चुनरिया तोरे रंग भीगी
नाचे मन मोरा मगन तीकदा धीगी धीगी

दिल में बीज ऐसे तूने बोए
सारा दिन जार-जार रोए
तेरे ही ख़यालों में खोए
हम रात भर नहीं सोए

कर मुक्ति से मुक्त मुझे ऐ मेरे मालिक
दर्द बढ़े, ना प्यास बुझे, बेचैनी दे दे
बंधनमय जीवन का अब तू ही सतारी है
तस्वीर तेरी दिल में जिस दिन से उतारी है

आते-जाते जन्म-मरण से तंग थी
इच्छा रही मलिन मति भी भंग थी
तेरे घर में कब मेरा बसेरा हो गया
मैं हो गई किसी की कोई मेरा हो गया

मुकेश शर्मा

पिता	:	श्री साधुराम शर्मा
माता	:	श्रीमती शकुंतला शर्मा
जन्मतिथि	:	15/12/1973
जन्मस्थान	:	ऊँचा गाँव बाँगर, बुलन्दशहर
शिक्षा	:	इण्टरमीडिएट (विज्ञान)
प्रकाशित पुस्तकें	:	'पसीने की बूँद' (हिंदी अकादमी, दिल्ली द्वारा 2007-8 के लिए 'साहित्यिक कृति सम्मान' व एम. फिल के लिए शोधार्थी सीमा चौधरी, कुरुक्षेत्र विश्वविद्यालय, कुरुक्षेत्र द्वारा 'नारी विमर्ष' शीर्षक से लघु शोध प्रबंध।) कफ़न का बाजार, साझा संग्रह- व्यंग्य के नवस्वर, शुभारम्भ, इशरते-कतरा
पता	:	भारत नगर, नगरपालिका परिषद, खोड़ा-मकनपुर, गाजियाबाद (उ.प्र.)
स्वप्न	:	भारत विज्ञान आधारित प्रमाणिक संविधान की रचना करें जिसमें स्त्री-पुरुष व्यवस्था की स्वचालित क्रियाएं संलग्न हों। (धर्मपत्नी कपूरी शर्मा को समर्पित)
मोबाइल	:	9910198419
Email	:	lekhakmukeshsharma@gmail.com

अड़ियल किसान जोशीला हूँ

चुनकर संसद आऊँगा मैं,
लाठी को लहराऊँगा मैं,
तब देखूँगा राजनीति को,
पहचानूँगा कूटनीति को।
कितने बौने कद वाले हो,
आखिर कितनी हद वाले हो,
बिना रिएक्शन खाली एक्शन,
पाँच वर्ष में पाँच इलेक्शन,
गोबर का गुबरीला हूँ,

अड़ियल किसान जोशीला हूँ।।

फिर न यहाँ से जाउँगा मैं,
अपनी पैठ बनाउँगा मैं,
हलकारों का सहयोग मिला है,
विजयशक्ति का योग मिला है।
घुसपैठ और धमाकों को मैं,
मारूँगा बदमाशों को मैं,
अब न किसी को छोडूँगा मैं,

दुष्टों का सिर फोड़ूँगा मैं,
खाई, पर्वत टीला हूँ

अड़ियल किसान जोशीला हूँ।।

आतंकी हमलों से मुक्ति दूँगा,
संविधान को नित नवशक्ति दूँगा,
हलकों से खोज निकालूँगा मैं,
फाँसी का फंदा डालूँगा मैं।
बिन झूले के झुलाउँगा अब,
कुदरत न्याय दिलाउँगा अब,
लाठी का वार करूँगा ऐसा,
ले जायेगा यम का भैंसा,
काला, नीला, पीला हूँ,

अड़ियल किसान जोशीला हूँ।

भारत माँ को रोते देखा,
थाने में सिपाही सोते देखा,
मंत्री करने सैर विदेश गया,
मंत्रालय से संदेश गया।
कफ़न और मँगवाना होगा,

बम्ब कहाँ फुड़वाना होगा,
जिम्मेदारी ले लेगा बोला,
खर्चे से कितना उसको तोला?
न्यायकरण गोंठीला हूँ,

अड़ियल किसान जोशीला हूँ।।

आतंक की चिता जला दूँगा,
मैं ऐसा बिगुल बजा दूँगा,
कहो कफ़न की करें तैयारी,
ले लूँगा मैं भी जिम्मेदारी।
माफी नहीं अब मइयत होती,
परिवार की इनके दुर्गति होगी,
आत्मबोध का ज्ञान बाँचकर,
सुन्दर कोई आख्यान बाँचकर,
पागल कुत्ते का कीला हूँ,

अड़ियल किसान जोशीला हूँ।।

बाँधने दरिंदगी आऊँगा मैं,
भैंस की रस्सी लाऊँगा मैं,
पैने में मेरे आर बड़ी है,

चखने को तेरा लहू खड़ी है।
हल में तुम्हें चलाउँगा अब,
सारा खेत जुतवाउँगा अब,
ना समझ मुझे अकेला हूँ,
इकलौता एक तबेला हूँ,
अभिषाप नहीं ना लीला हूँ,

अड़ियल किसान जोशीला हूँ।।

अनंत गगन में शांति होगी,
क्या लाठी से ही क्रांति होगी?
बंदूक नहीं अब कलम चलेगी,
फौज नहीं अब फसल लगेगी।
होली, वैशाखी के गाने होंगे,
फसलों के नवरंग तराने होंगे,
खाना लाती घरवाली होगी,
सीमा पर अलख जगाती होगी,
हलकारा बड़ा खोजीला हूँ,

अड़ियल किसान जोशीला हूँ।।

रहने दो फौजी बानों को,
उगाओ अनाज के दानों को,
टैंकों से अब काम न लेना,
तोप,बमों का नाम न लेना।
नलकूप, रहट के नाले हों,
अरु जीवन-रक्षक दानें हों,
जनता की भूख मिटाने वाले,
जनजन में खुशियाँ लाने वाले,
खाने का पका पतीला हूँ,

अड़ियल किसान जोशीला हूँ।।

होगा हर्षित चेहरा नारी का,
चलेगा हल खुद्दारी का,
अरहर,गेहूँ की बाली होगी,
जीजा के संग साली होगी।
करताल बजेगी सीमा पर,
खुशहाली होगी सीमा पर,
ट्रैक्टर,बैलों की जोड़ी होगी,
संग में नार निगोड़ी होगी,
मैं मानव बड़ा बर्फीला हूँ,
अड़ियल किसान जोशीला हूँ।।

शशिकान्त श्रीवास्तव

नाम	:	शशिकान्त श्रीवास्तव
पिता का नाम	:	स्व. श्री तारा प्रसाद श्रीवास्तव
माता का नाम	:	स्व. सरोजनी श्रीवास्तव
पत्नी	:	श्रीमती प्रतिभा श्रीवास्तव
जन्म	:	08/11/1963
जन्म स्थान	:	वाराणसी
शिक्षा	:	वाराणसी में रामनगर से इंटरमीडिएट विज्ञान में पास की। केमिकल इंजीनियरिंग में डिप्लोमा।
साहित्यिक उपलब्धि	:	प्रथम काव्य संग्रह, 'ख्वाब के शज़र' श्री सत्यम प्रकाशन के सौजन्य से प्रकाशित 'भावांजलि -काव्य स्मारिका प्रथम' में रचना प्रकाशित, 'बज़्मे -हिन्द' काव्य संग्रह में प्रकाशित रचना, इसके अतिरिक्त कई न्यूज़ पोर्टल और समाचार पत्रों में समय समय पर प्रकाशित होती रहती हैं।
पता	:	डेराबस्सी, मोहाली, पंजाब
मोबाइल	:	9646453610

विघ्न विनाशक -गणपति

हे प्रथम पूज्य गणपति देवा
हे विघ्न विनाशक, दुःखहर्ता
स्वीकार करो तुम विनती हमारी,
और आ जाओ तुम...,
इस वसुधा पर सदा के लिए
हरने को विपदा और अंधकार
और ...,
फैलाने को प्रकाश
ज्ञान और सुख समृद्धि का,
हे गणपति हे विघ्न विनाशक
स्वीकार करो तुम विनती हमारी,
और...,
करो संहार उन दुष्टों का
जो करते हैं उत्पात -देश में
और फैलाते हैं डर लोगों में
हे गणपति हे विघ्न विनाशक
स्वीकार करो तुम विनती हमारी,
तुम्ही हो पूज्य प्रथम सब देवों में
और बल बुद्धि में चतुर सभी से
मोदक है प्रिय भोग तुम्हारा और
मूषक है प्रिय वाहन

जिस घर होती पूजा सदा तुम्हारी
सुख सम्पति की देवी माँ लक्ष्मी संग
कमी नहीं काहू की होये
हे गणपति हे विघ्न विनाशक
स्वीकार करो तुम विनती हमारी...।।

अजनबी -क्यूँ

कब तक रहेंगे हम
अजनबी की तरह
एक छत के नीचे,
दशक बीत गये रहते-रहते
अजनबी की तरह एक छत के नीचे,
तुम -उधर अकेली
मैं -इधर अकेला
एक छत के नीचे
सफर जिंदगी का ढोता रहा
रख पोटली यादों की संग-अपने
सिराहने के नीचे
उसे आँसुओं से भिगोता रहा
संग... रजनी के,
कब तक रहेंगे हम, अजनबी की तरह,
ख़्वाबों में तुम मेरे आती थी -रोज
पर, मैं न आता कभी ख़ूवाब में तेरे
आते हैं दिन -रात जीवन में सबके
बताने को -कि दिवस एक कम हो गया
जिंदगी का...,
बैठ देहरी पर,
करता हूँ इंतजार रोज -तेरा

जला एक दीपक -तेरे प्यार का
कि ....आओगी तुम पास मेरे
इक दिन कभी...,
तोड़, बंदिशें सारी बीच की हमारी
कब तक रहेंगे हम,
अजनबी की तरह,
कदम एक चलते हैं -हम
पास आने को तुम्हारे
कदम एक तुम भी चलो
पास आने को हमारे
क्योंकि...,
साँझ जीवन की ढल रही है-अब
हमारी -तुम्हारी
सफ़र कब खत्म हो, किसका
सफ़र में...,
आ... पास बैठ हमारे जरा
भुलाकर के सारे, गिले शिकवे हमारे
कब तक रहेंगे
इक अजनबी की तरह
एक छत के नीचे...

एक अहसास

आता हूँ रोज पास तुम्हारे
जहाँ तुम उस रोज समाहित हुई थी
पंचतत्व में मिल चिता की अग्नि संग
इस आस में कि कहीं तुम आकर....
लौट न जाओ,
इस एक अहसास की अनुभूति को
करके महसूस आता हूँ रोज पास तुम्हारे,
तभी, हवा का तेज झोंका महसूस करता हूँ
पास अपने
जिसमें घुली हुई थी वही मादक सी सुगंध
लगा कि तुम पास मेरे हो -आस पास यहीं
पर, यह भ्रम था ...क्योंकि
चिताओं के जलने से फैले धुएँ की महक थी
फिर भी,
आता हूँ रोज पास तुम्हारे मिलन की आस में...

अनुभूति

दिवस के अवसान की
बेला आ रही है
धीरे धीरे .....,
प्रतिबिंबित हो रही है चेहरे पर
चमक जो थी कभी आँखों में
वीरानी नजर आ रही है
बिछड़ने और टूटने का
वहीं .....,
कांतिहीन, निष्प्रभ से चेहरे-जो
बयां कर रहे अपनी कहानी
बीते हुए ...आने वाले कल की
धंसे हुए गाल, समय की मार और
अनुभव की असंख्य लकीरें लिए
भटक रहा है ....,वह
अपनों से दूर, रहने को मजबूर
नियति के क्रूर हाथों
वृद्धाश्रम के एकांत वास में
दिवस के अवसान की बेला
आ रही है, धीरे धीरे ......

भावना मिलन अरोरा

माता	:	श्रीमती कांता रानी दुआ
पिता	:	स्व. गिरधारीलाल दुआ
जन्म	:	13 सितम्बर 1979
जन्मस्थान	:	जिला टीकमगढ़ (मध्यप्रदेश)
निवास	:	कालकाजी (दिल्ली)
शिक्षा	:	(एम. ए. हिन्दी, संस्कृत, बी.एड.)
संप्रति ट्रस्ट,	:	गृहिणी, अध्यापिका, लेखिका एवं सर्व भाषा (दिल्ली) की सदस्य एवं बुंदेलखंडी रचनाओं की संपादिका
सम्मान	:	कॉलेज में यूनिवर्सिटी स्तर पर काव्य प्रतियोगिता में सम्मान स्वरूप मिला एक नाम- 'प्रेरणा' और एक ब्रीफ़केस।
प्रकाशित रचना	:	1. शिवालिक प्रकाशन (दिल्ली) की मासिक पत्रिका कर्तव्यनिष्ठ में -रचना बोली किताब 2. सर्व भाषा ट्रस्ट की त्रैमासिक पत्रिका में मेरी रचनाओं का कारवां जारी है। 3. साझा पुस्तक 'समवेत' का प्रकाशन। 4. प्रखर गूँज प्रकाशन द्वारा प्रकाशित - आलेख

ओ मेरे वीर

तुम रहते हो,
पल- पल-पल दिल के पास।
वैसे तो रोज़मर्रा के काम लगभग
सब करती ही हूँ मैं,
पर फिर भी है तुमसे,
रहती मुझे सदा आस,
हर बात पर तुम्हारे लिए
फिक्र की लकीरें,
माथे पर मेरे बिछ जातीं,
क्योंकि,
हो तुम माँ-पापा जैसा,
सबसे क़रीबी एहसास।
तुम रहते हो
पल-पल दिल के पास....।

शुरू हुई ये ज़िंदगी तुमसे,
हँसते-हँसते,
बढ़ी स्नेह-संग कहते -सुनते।
दूर रहे तो सिर्फ़ फ़ोन पर ही,
करती रही तुमसे मन का गिला-शिकवा,

सुनते मुझे रहे हरदम तुम शांत रह 'भरपूर',
क्योंकि, कहीं न कहीं मैं भी हूँ,
तुम्हारे लिए एक सच्चा विश्वास ....।
तुम रहते हो,
पल-पल दिल के पास....।

तुम हर पल जो संग-संग रहते हो,
दिल में मेरे,
हर बात को आँखें बंद कर खुद को,
बताने का,
कुछ और ही मज़ा लेती हूँ।
बहुत खुश हूँ कि तुम हो कहीं भी,
पर मेरे साथ,
हर वक्त दिखते हो मुझे,
एक सच्ची सोच तुम्हारी,
मुझमें ज़िंदा है।
ऐ वीर ! मेरे, तुम्हारी अर्द्धांगिनी मैं,
न तुम खोए कहीं न ही मुझे तुम्हारी तलाश।
एहसास बन तुम रहते हो,
पल-पल दिल के पास....।

हाँ सब ख़रीदा मैंने

सब ख़रीदा मैंने,
कुछ दिनों पहले ही कुड़माई हुई,
अब तो मेरी बीबी (माँ) ने कहा-
'तैनूँ जो लैंणा ए, लै-लै पुत्तर,
कूदती-फाँदती, ख़ुशबू इत्र सी बन,
कभी इस गली कभी उस गली,
सहेलियों संग क्या -क्या न लिया-
अपनी पसंद का लाल जोड़ा,
सिंदूरी डिबिया, केसरिया चूड़ियाँ,
बिंदी के मैंचिंग कई पत्ते,
पटियाला सलवार क़मीज़ें कई,
न जाने और क्या - क्या,
सब अद्भुत -अलग सा था मन में,
कई काम बक़ाया थे,
हाथों में लाल रंग चढ़े,
ऐसी मेंहदी ढूँढ रही थी मेरी आँखें,
तभी किसी दुकान पर चलते रेडियो को सुना,
आतंकियों ने हमारी धरती को रक्त से लाल कर दिया,
अभी चूड़ी का लिफ़ाफ़ा खन्न से गिरा...
तभी कंधे पर किसी ने हाथ रखा,
अंग-अंग डर में सिमट रहा था,
बीबी ने कहा है- घार चल्लो हुँण लोड़ कोई नीं,
ये स्वर सुनकर मैं मुड़ी...
बढ़ चली बेजान बुत सी,
पर हाँ सब ख़रीदा मैंने ....।

चाहिए प्रतिशोध अब...

यदि ये पुरुष प्रधान समाज है ...
दम निकल रहा अब...
सोच यही रात-दिन,
क्षुधा को निर्मम मार,
पूरी रजनी अंधतमस संग बैठ,
दीये में तेल भर-भर,
लालटेन-मयूख जाती-आती,
जिसे तूफानों से बचाने,
टूटे छप्पर से रिसती बूंदें,
टप-टप के स्वर को नकार,
बाल्टी को कभी इधर-उधर डुलाती,
एकांत सटती ज़रा भीत से,
साँय-साँय बयार की,
आँगन में झकझोरे लेता विटप,
जिस पर वीभत्स दितिसुत-से दीठ,
धारे उलूक की खल-छबि,
मानो परास्त करने को,
बुझाने को आतुर,
अंतरंग में जो दहक, असीम अरसे से।
इतिहास संग समय का पहिया,
प्राण-पखेरू छीनने को आशान्वित,
तीव्र गति से हरबार बढ़ता।
कुप्रथाओं की निर्मम मार,
विनष्ट करने की चेष्टा,

जब पनपी गर्भ में।
वीरता रची कितने सबल रूपों में,
बार-बार अस्मिता का
तमाम काम, कत्ले-आम,
तपती जेठ की दुपहरी से अंगार,
दहलीज़ के भीतर- बाहर,
तुम रिक्त स्नेह से हृदय-भाल,
वंचित-कुंठित-शापित-सी मुद्रा,
मैं मेह-प्रणय से सिंचित न हुई।
तपोबल अखंडित रहा,
द्वीपवती-सी चीर अश्म-अद्रि-सी कड़ा,
प्रसू-सम कर क्षमा,
बन मधुकाल, बिखेरी कस्तूरी,
सदृशता पाई अब जो लांघ सब,
नहीं भूत्या, हूँ अब शांभवी !
नागर तू ए मनुज !
तनु मैल से भर,
न प्रच्छन कर कलतुंड अपना,
जंबुक-सा गया किधर !!
आ सामने, ओ कुटिल,
शोणित से तेरे लूँ क्रमण,
भोगी अब क्षय सुनिश्चित है तेरा...
अट्टालिका-सी समाज की मैं,
आदित्य-से ओ जनसेवक !
है यंत्रणा ज़रा तो,
अनवरत पर विराम बन,
कैवर्त-सा दे किनारा मुझे भी।'

हरीश चमोली

शिक्षा	:	डिप्लोमा इन हॉस्पिटैलिटी
संप्रत्ति	:	फूड एंड बेवरेज इंडस्ट्री इन सऊदी अरेबिया
प्रकाशित पुस्तकें	:	एक साझा काव्य-संग्रह शब्दों की पतवार व अनेक राष्ट्रीय स्तरीय पत्र-पत्रिकाओं एवं डिजिटल पोर्टल, साहित्यिक ब्लॉग, सोशल मीडिया, साहित्यिक मंचों पर नियमित रचनायें प्रकाशित होती रहती हैं
सम्मान/पुरस्कार	:	साझा संग्रह 'शब्दों की पतवार' हेतु 'काव्य सागर सम्मान', 52 सप्ताह लेखन में प्रतिभाग करने हेतु स्टोरी मिरर द्वारा Certificate of Appreciation
निवास	:	चम्बा, टिहरी गढ़वाल, उत्तराखंड
मोबाइल नं	:	91 9540270963
ईमेल	:	harishchamoli91@gmail.com

मेरे सपनों को तुम इस तरह तोड़ो मत

मेरे सपनों को तुम इस तरह तोड़ो मत।
अपना रुख तुम कहीं और यूँ मोड़ो मत।
कि मर जायेंगे हम अब तुम्हारे बिना
मेरा साथ तुम यूँ इस तरह छोड़ो मत।
क्यूँ पागल बनाया था तुमने मुझे
गर जाना ही था तो क्यूँ लगाई ये लत।
सुनलो मेरी गुजारिश, तुम न जिद्दी बनों
यूँ कहीं और अपना दिल जोड़ो मत।

फासला था जरा सा, हमारे दरमियाँ।
दूर होकर भी थे पास, न थे हम तन्हां।
तोड़कर मेरा दिल, क्यूँ गए छोड़कर
न तुम खुश हो वहाँ न मैं खुश यहाँ।
वक्त कटता है कैसे, आ बताऊँ तुझे।
सुबह शाम पढ़ता, हूँ तेरे ही खत।
सुनलो मेरी गुजारिश, तुम न जिद्दी बनों
यूँ कहीं और अपना दिल जोड़ो मत।

हाल ए दिल मैं सुनाऊं तुमको कभी।
संजोये हूँ दिल में, वो यादें सभी।

न ढा यूँ सितम कि, कुछ कर जाऊँ मैं
बन जाओ मेरी या मैं मर जाऊँ अभी।
मान जाओ बात मेरी, अब बस भी करो
न ठुकराओ मेरी ये बेदाग मोहब्बत।
सुनलो मेरी गुजारिश, तुम न जिद्दी बनों
यूँ कहीं और अपना दिल जोड़ो मत।

पथ से भटके है जो जन वो, अपनी राह सुगम चुन लो

पथ से भटके है जो जन वो, अपनी राह सुगम चुन लो।
जीवन के उद्देश्य निहित, कुछ अंतर्मन की भी सुन लो।
उद्देश्यों के जीवन सागर में, ख्वाबों की स्वेटर बुन लो।
पथ से भटके हैं जो जन वो, अपनी सुगम राह चुन लो।

पंथी कितने गए यहां से, छोड़ इस जीवन नगर को।
निश्चित जिनका पथ नहीं था, सूनी किये वो डगर को।
जो गए उनकी कहें क्या, जो जीवित उनकी सुन लो।
पथ से भटके हैं जो जन वो, अपनी सुगम राह चुन लो।

क्या सही,क्या है गलत की, आजमाइशें कुछ कर लो।
दूर बुराई हो मन की फिर, ज्ञान की ख्वाहिश भर लो।
स्वजीवन के संघर्षों से फिर, श्रेष्ठतम मधुरिम धुन लो।
पथ से भटके हैं जो जन वो, अपनी सुगम राह चुन लो।

राह चला जो एक चलाचल, भाग्य उदय उसका होगा।
लक्ष्य सुनिश्चित हो जिसका, दास समय उसका होगा।
ईर्ष्या द्वेष का भाव रहे न, कठिन परिश्रम को गुन लो।
पथ से भटके हैं जो जन वो, अपनी सुगम राह चुन लो।

कुछ होंगे तेरे ख्वाब चाँद से, चाँद मगर अब दूर नहीं।
सपनों की चादर ओढ़े फिर, खुद से तो मजबूर नहीं।
ख्वाहिश कर जिंदा उड़ने की, सफलता के स्वर सुन लो।
पथ से भटके हैं जो जन वो, अपनी सुगम राह चुन लो।

इश्क़ का कुछ असर, यूँ हुआ ख्वाबों में

इश्क़ का कुछ असर, यूँ हुआ ख्वाबों में।
खोलता जब-कभी हूँ किताबों को मैं।
हर कहीं पन्नों में, तू ही दिखने लगी।
इश्क़ में धड़कनें, फिर मचलने लगी।

कर्म में लीन रहता था मैं तो कभी।
तेरी ओर बढ़ रहा, काम छोड़ सभी।
दरश तेरा हुआ नजरें डिगने लगी।
इश्क़ में धड़कनें फिर मचलने लगी।

हाल-ए-दिल पर सितम ऐसे तुम ढा गई।
हर अदा तेरी अब मुझको थी भा गई।
स्वर्ग की अप्सरा जैसी लगने लगी।
इश्क़ में धड़कनें फिर मचलने लगी।।

जादू सा छा गया, सुर्ख दिल पे मेरे।
साथ हो चल रहे हर कहीं तुम मेरे।
चोट गहरी थी जो, वो भी भरने लगी।
इश्क़ में धड़कनें फिर मचलने लगी।

इश्क़ में कैसी मुझको ये बंदिश हुई।
कौन पहले छुए, तुझको ये रंजिश हुई।

सोचकर उँगलियाँ खुद में लड़ने लगी।

इश्क़ में धड़कनें फिर मचलने लगी।
इश्क़ का कुछ असर, यूँ हुआ ख्वाबों में।
खोलता जब-कभी हूँ किताबों को मैं।
हर कहीं पन्नों में, तू ही दिखने लगी।
इश्क़ में धड़कनें, फिर मचलने लगी।

कर्म में लीन रहता था मैं तो कभी।
तेरी ओर बढ़ रहा, काम छोड़ सभी।
दरश तेरा हुआ नजरें डिगने लगी।
इश्क़ में धड़कनें फिर मचलने लगी।

हाल-ए-दिल पर सितम ऐसे तुम ढा गई।
हर अदा तेरी अब मुझको थी भा गई।
स्वर्ग की अप्सरा जैसी लगने लगी।
इश्क़ में धड़कनें फिर मचलने लगी।।

जादू सा छा गया, सुर्ख दिल पे मेरे।
साथ हो चल रहे हर कहीं तुम मेरे।
चोट गहरी थी जो, वो भी भरने लगी।
इश्क़ में धड़कनें फिर मचलने लगी।

इश्क़ में कैसी मुझको ये बंदिश हुई।
कौन पहले छुए, तुझको ये रंजिश हुई।
सोचकर उँगलियाँ खुद में लड़ने लगी।
इश्क़ में धड़कनें फिर मचलने लगी।

रानी सोनी 'परी'

(राजस्थान-जयपुर)

नाम	:	रानी सोनी 'परी' (जन्म का नाम) चन्दा
साहित्य में पहचान	:	रानी सोनी 'परी'
पिता	:	(सेवानिवृत्त शिक्षक) मातादीन सोनी
माता	:	श्रीमती गीता देवी
जन्म तिथि	:	8/जून/1976
जन्म स्थान	:	रतनगढ़ (चुरू) राजस्थान
निवास	:	राजस्थान, जयपुर,

सात-आठ साझा संकलन में रचनाएँ प्रकाशित हो चुकी हैं। अखबार में भी रचनाओं को स्थान मिलता रहता है। ज्यादातर स्वतंत्र लिखना पसंद है।

रुचि-दोहा, गजल, छंद, कहानी, लघुकथा लेखन में।

नक़ाब

एक तुम्हीं हो जिससे कुछ, छुपाया नही जाता।
जान मेरी तेरे आगे 'नकाब' लगाया नहीं जाता।।

रखती हूँ आंखों में अपनी, खुशी की तस्वीर।
तेरी पारखी नज़र को, झुठलाया नही जाता।।

नहीं देखा कभी तुमको, ममता की मूरत हो।
स्नेह जो पाया तुमसे, भुलाया नहीं जाता।।

मेरी सुख दुख की साथी, हरपल मेरे साथ।
नाम के रिश्तों से रिश्ता, निभाया नहीं जाता।।

भांप ही लेती हो तुम, हाल-ऐ-दिल मेरा।
जुबां से अपनी तुमको, सुनाया नहीं जाता।।

ना तकलीफ़ दूँ तुमको, मेरी यहीं तम्मना है।
एक कतरा भी गम का, दिखाया नहीं जाता।।

हार गई 'रानी' तेरे इस, प्यार के आगे दिदु।
इस प्यार का मोल कभी, लगाया नहीं जाता।।

विदाई गीत

बसाने चली बिटियाँ, पिया का संसार।
अँखियों से बरसाकर, प्यार की फुहार।।

खाली दिल घर भी खाली आंखे भरी की भरी।
मेरी कहके गले से लगाया, बात ये धरी की धरी।
जा तुझको मिले चिड़ियां, बगिया हरी की हरी।
इस अंगना से ज्यादा मिले प्यार।
बसाने चली १

अपनी अँखियों के मोती काँधे पे गिराके।
आज छोड़ चली बाबुल को गले से लगा के।
टूटा जाए कलेजा लाडो डोली में बिठाके।
चली यादों का देके उपहार।
बसाने चली २

बेटी धन उधार का चुकाना सूद समेत।
बिक गई फसल, बिक गया दिल का खेत।
चली पिया की गली छोड़ बाबुल का हेत।
तेरे प्यार का कर्ज न पाया उतार।
बसाने चली ३

बाहों के झूले में तुझे था झुलाया था तुझे।
हाथों से अपने खाना खिलाया था तुझे।
उंगली पकड़कर चलना सिखाया था तुझे।
विदा करता हूँ करके सोलह श्रृंगार।
बसाने ४

ले जा मेरे दिल से बिटियाँ ये दुआएं।
पीहर की तुझ को ना याद सताये।
दुःख की घड़ी न कभी तेरे द्वार आये।
हर दिन मने तेरा जैसे हो त्योहार। ५
बसाने चली बिटियाँ, पिया का संसार।

कुछ चाहत दिल की

लगाया इश्क़ का पौधा, इसे पानी तो दे दो तुम।
रुका जो अश्क़ आँखो, रवानी तो दे दो तुम।।

फलेगा फूलेगा इश्क़, कुछ पुष्प भी महकेंगें।
जीवन भर साथ हो, वो निशानी तो दे दो तुम।।

चुरा कर ले गए थे तुम, वो मेरा नटखटपन।
जो ले गए थे मुझसे, वो नादानी तो दे दो तुम।।

इंतजार में रहती मेरी, अक्सर बेचैन सी आँखे।
आँखों में खाबों की, चादर सुहानी तो दे दो तुम।।

चलें फिर उन्हीं राहों में, डाल हाथों में हाथ।
पीछे छूट गई मेरी, वो जवानी तो दे दो तुम।।

लबों पे मेरे रख दो, गुलाबी से ये लब अपने।
अहसास मुझको कुछ, रूहानी तो दे दो तुम।।

खुद में ही खो जाऊँ, तेरे प्यार को पाकर।
दिल की जमी को प्यार, आसमानी तो दे दो तुम।।

अपने भावों को अब मैं जरा विराम दे दूँ।
सोचती हूँ कलम को थोड़ा आराम दे दूँ।

क्या करूँ अगर लव्ज़ बह निकलने लगे।
किस तरह कोई कहे उनको लगाम दे दूँ।।

खुश्क कागज सी हो गई दिल की जमीं।
लहुँ की स्याही से हर्फों को मकाम दे दूँ।

तिश्नगी बढ़ती ही जाती है कलम की क्यों।
अपने हाथों से इसे अश्कों का जाम दे दूँ।।

तअज्जुब अब मुझे होता नही दिलबर।
अपने अल्फाज़ो में तेरा नाम बेनाम दे दूँ।।

काफ़िया अब मेरा मिलता नहीं क्यों सनम।
रदीफ़ है गुमसुम मेरा इसे कोई काम दे दूँ।।

हर एक शब्द लगता तुझे 'कन्दा मेरा।
बेनज़ीर इन शब्दों को' इब्तिशाम दे दूँ।।

मकसद नहीं मेरा किसी दिल मे जगह बने।
चाहत अपने भावों को मैं तेरा ही नाम दे दूँ।।

कर दें उनका शुक्रिया इसके जो हकदार हैं।
'रानी' से कहे कलम उन्हें अपना सलाम दे दूँ

गोपाल कृष्ण श्रीवास्तव 'गोलू'

ई-मेल : gsrivastav816@gmail.com

नाम	:	गोपाल कृष्ण श्रीवास्तव 'गोलू'
पिता	:	श्री गजेन्द्र प्रसाद श्रीवास्तव
शैक्षणिक योग्यता	:	बी.कॉम, एम.ए.(हिन्दी)
पता	:	बेगूसराय, बिहार
सेवारत	:	भारतीय रेल।
संपर्क सूत्र	:	6301898634,9199591748
ई-मेल	:	gsrivastav816@gmail.com
विशेष	:	स्थानीय अखबारों में कविता प्रकाशित, एन.सी.सी. में बिहार राज्य का नेतृत्व सांस्कृतिक कार्यक्रमों में 2010 में (जम्मू-कश्मीर में), वर्तमान में रेलवे में अनेकों बार कार्यक्रम प्रस्तुति और सम्मानित होना,
शौक	:	फिल्म देखना, और रचनाएं लिखना।

नौ माह तक माँ रखती गर्भ में,
पिता रखते ताउम्र चिंतन मन में,
माँ आँखें देती है जो हमको,
तो पिता ज्योति उसमें भरते हैं।

उज्ज्वल भविष्य देने वंश खातिर,
नित्य जग-बाधाओं से लड़ते हैं,
बूँद-बूँद से गागर को भरकर,
मार्ग प्रशस्त उनका करते हैं।

अंगुली थाम चलना सिखाते हैं,
गिरकर उठना, उठकर गिरना हाँ,
नित्य बाधा पथ पर आगे बढना,
इसकी वो पहचान कराते हैं।

खून-पसीना से सींचकर कली,
हर मौसम की पहचान कराते हैं,
कली को फूल रूप बनाते हैं,
और चमन में मूल्य दिलाते हैं।

वो कर्म निभाते, धर्म निभाते,
जीवन का हर मर्म हैं मिटाते,

दो वर्णों के मेल की हिफाजत,
आईना रूप में हमें दिखाते।

होता है जब दिल मनों में दर्द,
माँ तो आँसू छलका लेती है,
पर जब यह दर्द पिता को होता,
शिव की भाँति आँसू पी जाते हैं,
और दर्द से मुक्त दिखलाते हैं।

हमारा भी है फर्ज यह बनता,
समझे अपने पिता की ममता,
उन्हें दें हम ढेरो आदर सम्मान,
जिनके आशीषों से पाया है,
जीवन में हम सबने ये मुकाम।

चाँद

ऐ मजहबी चाँद, तुझसे है गिला,
तू मानव सा बहरूपिया निकला,
रूप तेरा एक पर आकार अनेक,
पूरा दिखना तो कभी छुप जाना।

कभी प्रेमी तो कभी साजन रूप,
क्यों छीनते उनका तुम चैन रूप?
प्रेमिका प्रेमी तो सजनी साजन,
सयानें देखते अपना बाल रूप।

पर्वों में भी तुम हो दखल दिखाते,
ईद, करवाचौथ भी तुम्हीं मनाते,
कहो इती क्षमता कहाँ से लाते,
प्रेमी युगल का हो दिल धड़काते।

कभी सजनी की निंदिया चुराते,
कभी चाँदनी में चूड़ी खनकाते,
तो कभी लोरी गा उसे सुलाते,
चाँदनी रूपी दूध से नहाते।

इठला कर आना, मचल कर जाना,
चौदह रूपों में दर्शन दिखाना,
देखकर ये रूपों का नजराना,
बन जाती दुनिया पागल, दिवाना।

नगर वधू

(एक आत्मव्यथा)

साहब, मैं नगर वधू हूँ,
बस शब्द रूपी वधू हूँ,
जी, आधा नकाब और,
मैं पूरा बेनकाब हूँ ।

मैं अँधेरे में चिराग हूँ,
प्रकाश में अंधकार हूँ ।

जितने जलते नहीं दीये घरों में,
उतने जलते हैं मेरी महफिलों में,
इश्कबाजों के रूही साँसों की आस,
और उनके कोरे जिस्म की प्यास हूँ ।

हाँ साहब इनके तन्हाई में,
सबसे अधिक प्रिय मैं खास हूँ ।

कहते हैं मुझसे सभी,
तुम्हीं हुस्न का शबाब हो,
पर आती प्रकाश में जब,

यूँ छिप भागते सब मुझसे,
जैसे दिख पड़ा बाघ हो।

क्यूँ बनी नगर वधू मैं?
क्यूँ अपनायी यह काम?
क्यूँ जिंदगी बीत रही बेनाम?
इससे सब रहना चाहते अंजान!

मेरा है दुनिया से ये पैगाम,
सुनें सभी बुढे, बच्चे और जवान,
मौका देकर देखे जरा समाज,
मिले हमें भी अच्छा व सच्चा काम,
नहीं बीतेगी जिंदगी यूँ गुमनाम।

प्रेमपत्र

दिल की बातों को सजाकर
मन के ख्यालों को बहलाकर
रात की चाँदनी, भोर की लाली
रंग-बिरंगी, हरी हरियाली,
जैसे बसन्ती हो मतवाली।

सभी समेटे भेज रहा हूँ,
तेरे नाम एक खत प्रिये,
एक बार इसे चूम लेना,
प्रयास मुक्कमल हो जाएगा,
इतनी आश है प्रिये।

जब से बिछुड़न हुई है हमारी,
आठो घड़ी याद आती है तुम्हारी,
एक एक पल यूँ कटता है,
जैसे प्राण वायु बिन दम घुटता है ।

याद है वो बीती शाम सुहानी,
बागों मे खेले थे छुपा-छुपानी,

रूठी क्यूँ हो ये बात बताओ,
अब तो आ जाओ, जरा मान जाओ,

अमर नहीं रही यह जवानी,
कहीं बीत न जाए ये जिंदगानी।

www.ingramcontent.com/pod-product-compliance
Ingram Content Group UK Ltd.
Pitfield, Milton Keynes, MK11 3LW, UK
UKHW021312160826
14477UKWH00023B/381

9 789389 984132